COOLGIRL
2

主角非主角

· A 小姐 主编 ·

长江出版社
CHANGJIANGPRESS

漫娱图书

如果你穿越到网文里

MY STORY

你最想要什么

金手指

Ranking List

排行	称号		票数

NO.1 👑 **锦鲤光环** — 281 票

一切和我作对的人，无论是采取实际行动还是只是心里有想法，都会被马赛克。

NO.2 ✦ **盛世美颜** — 596 票

颜值才是王道，美貌成为你勇往直前的最大助力！

NO.3 ✖ **百吃不胖** — 485 票

想吃什么吃什么，吃完之后随机增加 buff，智商 +1、情商 +1、才华 +1……关键是不管吃多少，吃完了还不长胖！

NO.4 💡 **学习大神** — 293 票

无论是古代还是现代，我最爱学习。穿到现代我就是门门考试满分，穿到古代我就是琴棋书画天文地理样样精通。

NO.5 ✋ **盖世神功** — 189 票

武力值天下第一，什么名门正派邪魔歪道都不是我的对手，只有我不想打赢的时候，没有我打不赢的时候。

NO.6 ✺ **富可敌国** — 603 票

除了钱，我最喜欢的事是赚更多的钱，数着我可以买下几个国家的财富，睡觉都会嘿嘿嘿地笑醒。

带带奶芋 ：做选择有什么用，又不能实现。Sad 评论配图

(´··)ノ(._.`)

睡地早 ：既然是做梦 那就全都要！

oeyBosasasa ：小孩子才做选择，我都要。

叶子绿绿绿绿了：我就不一样了，我想跪求这样的文，文笔好的推荐一下啊。

没有本命 ：你们这是在逼死选择困难症患者。

郁紫绡 ：要一个可以获得任意其他金手指的金手指它不香吗？

小暴虐 ：醒醒，7 点了，上课要迟到了。

Autism-yi ：选了之后发现自己一样也没有。

别吃了快停下吧 ：@Autism-yi 别骂了别骂了别骂了。

阿山的小匣子 ：我选天下无敌，没人打得过，下黑手也打不过我的金手指（然而并没有）。

小南司吖 ：看了看全部选项，既然我都穿进去了，那还有什么我不能选呀。

一头废猫 ：果然，大家都是贪婪的人。

霓虹甜心啾：我全都要，然后我要努力穿越回来和男神在一起。

兔哓零 ：@霓虹甜心啾 哈哈哈哈哈哈哈哈哈哈哈，梦里也会笑醒！

Comment

未知的你

正打开书的你，在此刻受到了神秘力量的召唤！
以下层层的测验，你会是哪一位 cool girl 呢？

现在就来测一测吧！ ▶

① 你会觉得颜值即是正义吗？
A. 不是，多面更重要 ▶ 08
B. 是的，这是一个看脸的世界 ▶ 02

② 不管买不买东西，你都喜欢每周逛街吗？
A. 是的，逛街也是一种运动 ▶ 03
B. 不是，"葛优瘫"是我的信仰 ▶ 09

③ 你喜欢看文艺片吗？
A. 是的，一直很喜欢唯美文艺片 ▶ 11
B. 不是，会觉得有点闷 ▶ 04

④ 你喜欢通过瑜伽运动来健身吗？
A. 不是，感觉没什么效果 ▶ 05
B. 是的，身心都能得到放松 ▶ 11

⑤ 你觉得在生活中，讨好型人格是件很糟糕的事吗？
A. 不是，每个人都有不同的性格 ▶ 12
B. 是的，常常会让自己不开心 ▶ 06

6 你朋友虽然不多，但每一个都是闺蜜？
A. 不是，我喜欢交朋友，朋友超多　▶ 13
B. 是的，贴心的闺蜜一个就够了　▶ 07

7 你会做一些特立独行，遵从自己内心的事吗？
A. 不会，我是随主流的人　▶ 20
B. 会，我有自己的个性　▶ **飒**

8 你想做时尚 Icon 吗？
A. 不想，我觉得舒适最重要　▶ 15
B. 想，我就要最 Fashion　▶ 02

9 你觉得自己是个爱热闹的女生吗？
A. 是的，我喜欢一群人在一起的感觉　▶ 03
B. 不是，我更喜欢独处一点　▶ 16

10 你是熬夜小公主吗？
A. 不是，我每天 11 点前睡觉　▶ 11
B. 是的，越夜越快乐　▶ 14

11 如果不开心，你会找朋友倾诉吗？
A. 不会，不想影响到朋友　▶ 17
B. 会，想和朋友分享一切　▶ 05

12 你喜欢养花花草草和小动物吗？　▶ 06
A. 喜欢　▶ 18
B. 不喜欢

13 听忧伤的歌时，你会很容易带入吗？
A. 不会，歌不能代表我的心情 ▶ 19
B. 会，融入其中不能自拔 ▶ 07

14 你觉得人生只要感到快乐满足就 OK？
A. 不是，还想体会更多的未知 ▶ 07
B. 是的，还有快乐满足更好呢 ▶ 20

15 相比影视剧，你更喜欢看综艺节目？
A. 是的 ▶ 09
B. 不是 ▶ 21

16 你只想穿黑白灰，不喜欢明亮的颜色？
A. 是的，那些颜色太幼稚了 ▶ 10
B. 不是，我什么都能驾驭 ▶ 22

17 你希望被不同的男神围绕？
A. 不是，我很专一，只有一个男神 ▶ 24
B. 是的，谁不向往这种生活呢 ▶ 12

18 一个人的时候，你会觉得有点孤单吗？
A. 不会，正好可以做自己想做的事 ▶ 25
B. 会，我可能很感性 ▶ 13

19 你觉得自己有双重人格吗？
A. 是的 ▶ 20
B. 不是 ▶ 26

20 你相信命中注定吗？
A. 不是，努力也很重要 ▶ 27
B. 是的，很多事情强求不了 ▶ 困

21 如果有一种药可以让你永远18岁,你会不会吃？
A. 不会 ▶ 20
B. 会 ▶ 16

22 你平时喜欢穿带花边的公主裙吗？
A. 不喜欢，我是熟女　　　　　　▶　29
B. 喜欢，我就是小公主　　　　　　▶　23

23 和朋友在一起时，你是那个总会逗大家笑的人吗？
A. 不是，我更喜欢听别人说话　　　▶　10
B. 是的，所以人人都爱我　　　　　▶　17

24 如果让你选，你会和纸片人谈恋爱吗？
A. 不会，纸片人就是纸片人　　　　▶　31
B. 会，老公我来了　　　　　　　　▶　18

25 你小时候很喜欢做童话中的公主？
A. 不是，我想做王子　　　　　　　▶　32
B. 是的　　　　　　　　　　　　　▶　19

26 闲来无事在家，你会翻箱倒柜地找零食吃？
A. 是的，根本停不下来　　　　　　▶　20
B. 不会，会长胖乐　　　　　　　　▶　39

27 看推理剧时你都能猜到犯人是谁？
A. 是，我就是当代福尔摩斯　　　　▶　**耀**
B. 不是，每次都很懵　　　　　　　▶　**逆**

28 玩手机时，如果你身旁突然有人，你会把手机屏幕锁上吗？
A. 会，我不喜欢别人看到我在干什么　▶　25
B. 不会，有趣的内容还会和他分享　　▶　34

29 出门时，常常会忘了带某样东西吗？
A. 会，每次都好狼狈　　　　　　　▶　35
B. 不会，强迫症患者每次都会一再确认　▶　30

30 你喜欢一边逛街一边吃东西吗？
A. 不喜欢　　　　　　　　　　　　▶
B. 喜欢　　　　　　　　　　　　　▶

31 你平时会定期买杂志书籍吗（比如 cool girl）？
A. 不会，看到喜欢的才买　　▶　37
B. 会，必须每一期都收齐　　▶　25

32 你会一直用同一种牌子的东西吗？
A. 会，习惯了　　▶　26
B. 不会，换一种牌子，换一个心情　　▶　38

33 你很讨厌爱说脏话的人吗？
A. 是的，感觉很可怕　　▶　27
B. 不会，关我屁事　　▶　40

34 相比于爱情小说，你更喜欢童话故事？
A. 是的，童话故事很温暖　　▶　40
B. 不是，爱情小说更打动我　　▶　27

35 看到昆虫会发出宇宙级尖叫？
A. 不会　　▶　37
B. 会（尖叫）　　▶　36

36 如果可以，你会想开始一段世界旅行吗？
A. 不会，我喜欢蹲在家里　　▶　37
B. 会，想看不同的风景　　▶　31

37 你认为自己是一位宽容大方的人吗？
A. 是的　　▶　32
B. 不是　　▶　38

38 跟同学在一起谈论到某位老师的时候，总是直呼老师的名字？
A. 不是　　▶　40
B. 是　　▶　39

39 曾经忘记在试卷上写名字或写错自己的名字？
A. 没有　　▶　33
B. 有　　▶　27

40 在街上看见猫和狗时，总是会停下来逗逗它们？
A. 不会，担心它们身上有病菌　　▶　勇
B. 会，觉得它们很可爱　　▶　惑

测试结果

分别对应六张卡片，随书附赠的赠品

惑

拨开那团迷雾，
方能觅得最心仪的方向。

一步错，亦不悔此生。

飒

牢笼是否坚不可破在于
你想不想走出去。

困

勇

云梦如芥，
不信君山铲不平。

绝境之处才能再逢生。

逆

金玉其外未必败絮其中。

耀

目录

CONTE

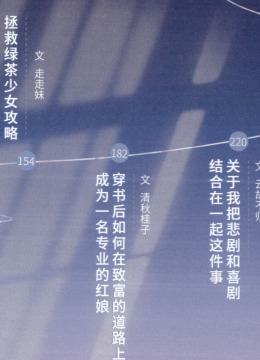

COOL GIRL

文 听取蛙声一片

大女主剧本の

正确打开

一次次摔倒之后，她穿上铠甲，披荆斩棘，

最终坐在了王座上。

方式

大女主剧本的正确打开方式

文 听取蛙声一片

呱
呱
呱

01

她叫肖冠，是某个国民品牌汽车公司的年度销售冠军，年终奖拿到手软，惹得无数人嫉妒不已。

她目前单身，有房，有存款，只是工作很忙，没有业余时间，唯一的消遣也就是每天入睡前看看爽文。最近看的是一本叫《聆听我的声音》的职场爽文，人气挺高，据说版权已经卖掉了，准备拍成电视剧。这文的内容用一句话概括就是：破产豪门千金进入昔日竞争对手公司，演绎一场霸道总裁爱上我的旷世绝恋。

好巧不巧，女主家就是卖车的，不过格调比较高，卖的都是高端豪车。虽然肖冠的公司档次差了点，她也没有卖那种豪车的经历，但肖冠就觉得女主的卖车的成交率很不真实，比如随便和人聊聊油画，聊得对方高兴了，几百万的车说买就买。

肖冠心想，这就是有钱人的世界吗？果然是我等平民不能企及的高度。而且说是职场文，也没看女主怎么钻研业绩，天天尽跟霸道总裁以及青梅竹马等男二男三男四纠缠不清，上演虐恋情深。

这种狗血的剧情让肖冠常常看着看着就直接进入梦乡。

02

但是肖冠觉得自己大概没有在做梦，因为不会有人在梦里给自己换如此匪夷所思的人设。

她性别仍然是女，年龄二十一，岁数是比她原来小了不少，可镜子里的那张脸，状态还不如她自己本身的样子——双目无神，满脸疲态，浑身上下都诠释了什么叫被生活的重担压垮。别说二十一了，说三十一都有人信。

肖冠一时间惊慌失措，她莫名其妙就被改头换面，一觉醒来连整个人生都被改写了。

她现在上有体弱多病不具备劳动能力的亲妈，下有嗷嗷待哺不满两周岁的儿子，还背负着几十万的巨额债务。家徒四壁，一贫如洗，唯一不变的是她依旧单身。

她换的这个人设因为年少无知，十八岁和一个混混谈恋爱私奔，这混混不是什么好人，游手好闲，沉迷赌博，还逼着她借了高利贷。后来她意外怀孕，混混甩手不管，她一个人生下这个孩子，不仅自己要养小孩还时不时被混混伸手要钱，不给钱混混就动手，日子过得要多惨有多惨。

一年后混混出车祸死了，肇事方随便给了几千块赔偿跑路，她只能带着孩子回家。她妈妈身体常年不好，又不慎摔了一跤，去医院结果查出肾衰竭，每月药费高昂，周围亲戚朋友都对他们家避之不及，生怕他们借钱不还。

肖冠简直要疯了，她觉得眼下这种情况要不就是她没睡醒，要不就是发生了她和别人互换身体这种看似不可思议的神秘事件。

不管是哪种情况，现在全家就她一个劳动力，她没读大学，找不到什么好工作，迫于生计打了三份工，每天得上十几个小时的班。

早上六点去早餐店卖早餐，九点之后在一家汽车店当保洁顺便兼职洗车，晚上再去楼下的夜宵摊帮忙。

肖冠确定了自己应该不是没睡醒，因为她在掐了自己一把之后发现还挺疼，而且她不太可能脑补出这么真实的细节。

这究竟是怎样一种凄惨的人生啊！

她还没来得及仔细琢磨发生这种意外的原因，就得去上班了。突如其来的身份转换让肖冠适应不过来，在第三次被警告后，主管劈头盖脸朝她发了一通火。

肖冠产生了一种想把茶水泼到对方脸上的冲动，这种被上司骂得狗血淋头的事情她已经很多年没经历过了。肖冠并不是很怀念这种感觉，可惜她现在没有甩手不干的底气。

03

"你这样说她也太过分了吧。"一个年轻貌美的店员路过突然替她说话，"她只不过是不小心把东西放错了地方，下次注意就行了，何必这么大惊小怪。"

主管瞪了她一眼："安若然，你先管好你自己，别在这儿多嘴。"

肖冠听到这个名字恍了一下神，安若然好像就是《聆听我的声音》里女主的名字。不会这么巧同名吧……

主管和安若然已经争论起来，五分钟之后，肖冠从她们的争论内容里察觉出一丝异样，她冒出一个大胆的猜想。

她这是穿越到书里了？

那这更加匪夷所思了！一般穿越到一本爽文里，不说成为女主，按照正常套路，也会是恶毒女二或者女主闺蜜，而成为女主无意中出手相助的路人同事这种身份，让肖冠觉得格外迷惑，这是什么操作？！

更何况，她一个身负巨债的路人无论从哪个方面看都和这书的剧情毫无关联，难不成她那个死去的前男友其实是某个豪门私生子？又或者她机缘巧合救了主角，然后卷入男女主的纷争当中，最后掌握关键证据，成为促成男女主重归于好的重要人物？

肖冠想了一会儿，觉得这种走向比落魄千金重振自家公司还魔幻。能不能触发隐藏剧情她不知道，她儿子的奶粉可是快喝光了。当务之急是要解决赚钱的问题，她在这儿当保洁，工资加提成，一个月撑死也就是四千。早餐店和夜宵摊赚的更少，就这点收入，别说养家，利息都还不起。

于是肖冠找到店长，想申请转到销售岗去，怎么说那都是她的老本行。

店长眼神古怪地瞥了她一眼，把她带到店门口指着金碧辉煌的大门对她说："这是全市唯一一家踏云 4S 店，占据最繁华的地段，驻扎在最高端的商业中心，每年光是租金都有一百多万。里面的销售员都经过精挑细选，每一个至少都有三年以上豪车销售经验，再经过公司半年的培训和三重考核才站在这里。你先告诉我，你有什么优势能胜任？"

肖冠心想，你要说这个那我就来劲了。我有十年工作经验，连续六年都是年度销售冠军，个人业绩累计超过五千万，荣获十七次"客户最喜欢的销售"称号，正儿八经的金牌销售。真要论起来，店里这些店员未必比得上她。再说女主不也是凭关系进来的？就女主那个千金小姐的样子，怎么可能有过三年销售经验。

然而她不敢这么说，她现在这个身份确实要啥没啥，也不知道是怎么到这来当上保洁的。人家女主有后台，她也比不过。肖冠飞快地思索了一下，发现只能跟店长说好话。而结果可想而知，店长拒绝得那叫一个干脆利落。

04

肖冠怎么可能气馁。她把自己好好收拾了一下，这张沧桑的脸一时半会儿没法改变，整个人的精神面貌还是可以体现出来的。她站得笔直，对着镜子反复练习表情，眼里迸出的斗志让她看上去非常积极向上。再加上她工作多年练就的精气神，她就这么雄赳赳气昂昂地去上班。

肖冠不仅给店长展示了她的精神面貌，还每天手写一封销售心得交给店长，诚恳地表达自己想成为一个销售的志向。由于肖冠的改变过大，不知道的还以为她进了传销组织被洗脑了。

肖冠打了鸡血的样子甚至引起了上级领导的注意，领导前来巡店的时候惊奇地说："你们店员工培训得不错啊，连保洁员都这么有干劲。"店长在一边尴尬赔笑。

领导一走，店长就沉着脸把肖冠叫了过去，主管在一边幸灾乐祸："撞枪口上了吧，还整天癞蛤蟆想吃天鹅肉呢。"

肖冠心里有点打鼓地站在店长跟前，面上还保持着镇定自若的样子。

"两个月试用期，没有基本工资，按照实习店员提成结算。两个月后业绩不达标，老老实实给我走人，包括你现在干的这份工作也别想要了，能不能接受？"店长的语气冷漠无情。

肖冠大喜过望："能接受！我没问题！保证不辜负领导期望！"

店长冷哼了一声："我可没什么期望。"

肖冠自动把店长的反应理解为傲娇，她兴高采烈地去领工牌。

店里其他人得知肖冠说服店长后，有不少人酸，尤其是后勤主管为首，私底下没少笑话肖冠。

肖冠才懒得管那些风言风语，她认认真真把店里的所有产品介绍和购买政策都背了一遍。尽管肖冠之前有足够丰富的卖车经验，但实际操作起来还是很困难的。首先产品的销售方向和她以前做过的不同，客户群体也有区别。最麻烦的是，她在这儿一点人脉都没有，眼下只能靠接待进店咨询的散客来发掘潜在客户。

大部分人进这种豪车车店都是来看热闹的，真正有购买意向且有购买能力的很少，最后能成交的更是凤毛麟角。靠门店散客流量来挖掘客户无异于大海捞针，并且特别考验眼力。不过别的不敢说，眼力这方面肖冠有足够的自信。

所以当那个烫着泡面头，提着个半新不旧的手提包，穿了一身有点土气的碎花裙子的女人进来，其他店员只是礼貌性微笑说了欢迎光临就各忙各的去时，她走上前去搭讪。因为她瞥见那个女人身上戴的首饰虽然款式都很老，看起来却并不便宜。尽管那个女人漫不经心地看着他们的展示车型，多年的销售经验还是让她觉得，这个女人可能是个潜在客户。

这个女人并没有什么明确的需求，实际上她也不太懂车，她纯粹是因为她老公喜欢看车，所以路过时进来看一看。

肖冠面带微笑地给她做了简单的介绍，然后和她随口聊了起来，深知人际关系重要性的肖冠很擅长拉近和客户之间的距离。女人姓许，许女士比她想的还健谈，到后面甚至和她聊起自家老公如何忙事业，对家里的事都不上心，平时沉迷各种车展，几乎场场不落，她又不懂这些，每次跟着都觉得无聊。

肖冠见缝插针，表示可以经常和许女士交流交流。肖冠很会说话，进退有度，不给人刻意的推销感，态度又有种亲和力，许女士愉快地和她交换了联系方式。

肖冠以同样的方法接触了好几个她认定的潜在客户，她接触的这些人其他店员基本看不上，就连店长都提醒了她一句，这些人成交的概率不会太大，让她不要白费时间。

肖冠笑笑没说话，她当然知道概率不高，可这不是找不到优质客户吗。又不是人人都像女主那样自带光环，优质客户能从天而降。

女主的运气简直好到爆棚，这个月开了两单，一个是她妈妈的故友，一个是女主幼时的邻家弟弟。那个邻家弟弟简直是个小暖男，当场就签了合同。不出意外，女主的业绩绝对是这个月第一。

其他店员聚在一起对女主各种羡慕嫉妒恨的时候，肖冠不为所动地继续和她的客户联络感情。她心想，以后有你们酸的。青梅竹马、昔日同学、曾经的暗恋对象，一大堆人都等着给女主助攻。别说客户了，这店以后都是人家的，到时候人家翻身成为老板娘，还有你们羡慕的呢。

05

肖冠只有两个月的时间，为了保持精力充沛，她辞掉了早晚两份帮工，一心一意挖掘客户，下了班就去做探访，一个月下来人瘦了一圈。好在已经跟手里的几个重点客户关系打得火热，许女士都要认她做干妹妹了。

肖冠觉得许女士成交的可能性很大，许女士和老公是白手起家，她老公一年能赚不少钱，具备这个消费能力，而且她老公对车又很感兴趣。肖冠是想游说许女士给她老公买辆车作为一个惊喜，她老公生意忙，两口子之间没什么感情交流，送车不仅投其所好，还可以拉近两人关系。

最近这段日子，许女士从肖冠这儿了解到不少关于车的信息。加上肖冠有意无意地引导，许女士和她老公在车方面有了共同话题，两人的交流也多了起来，许女士为此特别高兴。

可能性大，却也不是一定能成交，关键点在许女士的老公。肖冠打探出不少她老公的特点，并提出非常中肯的建议，推荐了好几款实用的车型。许女士表示她跟老公提了一下，她老公还挺感兴趣。

于是肖冠热情地邀请他们前来看车。

然而让她没想到的是，许女士的老公一进门脸色就非常难看。肖冠有些不解地看向许女士，根据之前了解到的情况，她老公对他们的车印象是不错的。许女士只是尴尬地朝她摆了摆手。

接着，无论肖冠怎么介绍，许女士的老公就像吃了枪子儿一样，极其不满，对他们横挑鼻子竖挑眼，无理取闹的程度让人怀疑他是不是上门来砸场子的。

肖冠靠着良好的专业素养好不容易才把这尊大佛给送走。人一走，其他店员就在背后窃窃私语。有人甚至直接嘲讽肖冠，就这种客户她还当个宝呢，马上就到月底了就等着哭吧。

肖冠没心情管他们的冷嘲热讽，打开手机一看，许女士给她发了条短信：不好意思啊，我老公之前不知道你们踏云是江氏旗下的品牌。他对江氏没什么好感，以前做生意的时候跟江氏有点矛盾，也怪我没了解清楚，给你添麻烦了。

肖冠的心态顿时炸了，她跟了这么久，就指望这单破冰，眼看着已经是第二个月的下旬了，她还没开单就真的只能等着收拾好东西走人了。

饶是这样，肖冠还是先客气地回复了许女士。表达遗憾之余，希望大家以后有机会再合作。回复完许女士，肖冠立刻开始跟进其他客户。有句话说得好，人倒起霉来，喝凉水也会塞牙。她跟的几个客户因为各种原因纷纷吹了。

时间一天天过去，离月底越来越近，现在肖冠手上没有一个可能开单的客户，店里一大堆人都等着看她的热闹。

此时肖冠急得跟热锅上的蚂蚁一样，而女主那边仍是好运连连。她正在接待一个珠宝商，知晓剧情的肖冠知道女主通过和这个珠宝商聊天，帮人家鉴定了一件古董，这个珠宝商对女主好感大增，为女主的业绩添砖加瓦。

肖冠不是没想过用她知晓的剧情去套路女主的客户，可一来她没有女主那种自带技能的配置，也没经历过女主那种高端的生活，什么艺术涵养都没有，一张嘴就露馅；二来女主光环过于可怕，她担心偷鸡不成蚀把米，万一还跟女主结仇就完了。

肖冠只能挖空心思想办法，干了这么多年销售，她明白不到最后一刻绝对不能放弃。为了给自己打气，她一遍又一遍默念着从前每天早上上班要喊的口号：伺机而动，全力以赴！

或许喊口号真有那么一点用处，转机在最后期限来临的前两天出现了，许女士打了个电话给她，说她有个好朋友的妹妹想买车，她极力推荐朋友的妹妹来他们这儿看看。

肖冠接待了那个妹妹。姑娘年纪不大，看起来跟个不良少女似的，一身哥特打扮，头发染成一边红一边蓝，乍一眼看上去像个百事可乐。衣服破破烂烂，到处都是网孔。一进门东看看西瞧瞧，问的问题也很随意。

"这车头能换个色吗？这颜色太丑了。"

"可以的，只要您做好备案，我们可以帮您联系做外观改装，您有喜欢的设计可以提出来。"

"超人内裤那样的行吗？"

"理论上是可行的，如果您需要原创设计的话，可能要付版权费。"

肖冠全程耐心回答她的各种提问，这姑娘想象力挺丰富，问的问题天马行空，聊到后面肖冠甚至开始和她一本正经讨论起一款敞篷车的驾驶室边上放伞的地方能不能放上一把 cosplay（角色扮演）用的长刀，以及推开车门后用什么样的姿势把刀抽出来显得有女侠气势。

突然，哥特少女一挥手，就这台车了，刷卡！

肖冠都蒙了，前一秒她们还在说坐敞篷车里要不要戴头盔，下一秒人家就打算直接买单，指的还是配置最好的一辆。

"许姐推荐的人果然靠谱，这个车型我都看中好久了，但是选择恐惧症犯了，没想好到底在哪家买。我看你这人挺有意思，就在你这买吧。"哥特少女拍了拍她的肩膀，一副哥俩好的架势。

肖冠觉得她可能错怪了女主，有钱人的乐趣大概真就这么朴实无华。

那台车两百万，肖冠拿合同的手都在抖，这要换以前，她得卖好几台车才能卖到这么多。

全店都震惊了，没人想到肖冠竟然真的走狗屎运签了个大单。

肖冠成功转正。

06

人逢喜事精神爽，肖冠一口气给她儿子买了十几罐奶粉。正当肖冠跃跃欲试，准备大展身手时，她发现了一个严重的问题。

这是篇玛丽苏爽文，所有背景都是为女主谈恋爱服务的，因为剧情的设定就是：女主落魄，到男主公司旗下门店当店员，但她自强不息，靠努力成为门店最佳销售，吸引了男主的注意。

而现在男主该出场了，女主这样的光环想不被人注意到都难，安若然这个名字已经传到了男主的耳边。男主一琢磨，这不是那个谁谁谁家的女儿吗？于是男主出现在了他们店，并成功按照套路和女主起了戏剧性的冲突。

肖冠本想安安静静在一旁吃瓜，谁知男主和女主针锋相对后，男主为了给女主找事，经常对他们店发布各种乱七八糟的规定。比如销售员要在上班时间前半个小时到店，不许按时下班，领导加班员工不能走，这个领导专指的就是男主，打电话找人必须随叫随到，晚一分钟扣一百块钱，就连着装要求都动不动就更新，今天要求不许穿细高跟，明天要求不许穿裙子。

这些规定足以让肖冠去网上开个吐槽帖大骂特骂。主要是，男主为了对付女主完全想一出是一出，而女主反正有光环护体，被波及的是其他普通店员，比如肖冠这种住得远还穷得没几套衣服的。

如果只是奇葩规定也就罢了，只要钱给得够，让肖冠睡在店里都行。最大的问题在于女主的业绩在剧情里是最好的，作者应该是想突出无论男主如何刁难，女主依旧能以不变应万变的强大业务能力。

对此肖冠只想说：呵呵。

她就一个目的，好好工作，专心赚钱。结果女主成了压在她头顶的上限，不管肖冠怎么想办法，始终都是千年老二。肖冠想骂人，女主谈恋爱就谈恋爱，还非要断她财路。

在目睹了女主和男主一系列令人难以理解的操作后，肖冠产生了深深的怀疑，在这种环境下她到底有没有上升的空间。

她身上可背着一大堆债务，还有一老一小要养，现在这个收入水平远远不够还清债务，她需要一份更有前景的工作。但男女主两人周围的走向极其不正常，就好像为了谈恋爱，不管多奇葩的事都会发生。

经过深思熟虑后，肖冠决定辞职。辞职的风险很高，她没关系，没文凭，很难找到比现在更好的工作，况且也没家底让她消耗。但肖冠还是做出了这个决定，她觉得人的目光总要放长远一点，否则就真的困在眼前的牢笼里毫无希望。

肖冠那时还不知道，她将为这个选择付出多大的代价。

07

肖冠顶着大太阳一家一家挨个询问，很多公司的招聘要求都要有工作经验，她的简历上只有在踏云的几个月销售经验，其他都是零零散散的杂工。

有些人事对她在踏云的经历很感兴趣，问她为什么会辞职。肖冠也不遮掩，大大方方说她感觉踏云不适合她，她个人想法与踏云理念不合。很多人对她这个回答嗤之以鼻，默认她是在踏云混不下去了，就随便找了个理由回绝她。肖冠也不恼，继续去下一家面试。

她面了十几家，最后进了一家叫朗悦的汽车公司，销售方向和她原来所在的公司差不多。面试官在面试时开门见山地问她能不能接受外派，他们在 C 省的业务急需开发，并且给她简单讲了一下工作将遇到的困难，表明初期会很辛苦。

肖冠认真思考了一下，最终接受了这个要求。

经过一个月的入职培训，肖冠买了张火车票赶往 C 省。

她租了一个十平方米的房子，和另外十几个业务员一同开始啃 C 省这块硬骨头。朗悦在 C 省开展业务已经有两年了，可业绩迟迟上不去，每次业绩在总公司都是垫底。不仅如此，朗悦在 C 省的销量占比也很低，C 省的中端汽车市场份额被另一家叫驰风的老牌汽车企业以绝对的优势占据着。驰风在中端汽车品牌中属于龙头企业，资历老，实力强，典型的兵强马壮。

虽然肖冠个人业务能力很强，但抢占片区市场靠个人是不够的。再者，C 省的大环境不是很好，很多公司都跟驰风签了长期合作协议。驰风的销售链很完整，走的量大，成本就压得比别人低，几乎形成了垄断。同时，驰风还有一个最大的优势，就是他们的汽车运用了前沿技术，这项技术已经获取了独家专利，在国内都是数一数二的。

他们现在就像缺枪少炮的游击队跟人家训练有素的正规军对上，

还得去强行打开对手的缺口。

为了扩大知名度，他们通过各种渠道进行宣传，C省大大小小的展会参加了几十场，线上线下同时进行。队伍人手不足，很多事都得他们自己做，向物料生产厂家订货催单，跟宣发单位讨价还价商定宣传方式，和经销商谈利润扣点、销售政策、组织宣传活动，各种各样的流程肖冠全部都经手过。因为能力出众，肖冠被任命为C省业务部的总负责人，这就意味着她承担的责任是最大的。

最辛苦的时候，肖冠甚至连吃饭的时间都没有，有段时间她瘦得脱了相。有时候她也会后悔，为什么要从踏云离开跑到这么远的地方来吃苦。也许她在街上发传单时，女主正和从国外回来的青梅竹马共进午餐。她和展会承办方为了一块展示牌争得面红耳赤时，女主正穿着优雅的礼服在听音乐会，并邂逅刚获得国际大奖的钢琴王子。她为了几毛钱利润跟经销商磨破嘴皮时，女主正被男主带去游轮参加舞会，两人在海面的星光之下翩翩起舞。

但肖冠没有太多时间去自怨自艾，还有一大堆事等着她去处理，她连喘口气的时间都觉得无比奢侈。

每当夜深人静回到出租屋，肖冠累得动都不想动。

从零开始太艰辛了，肖冠真觉得老天捉弄她。原本她都打算好买房了，房子段位不错，临湖，能看到一片漂亮的湖景。她想好了，每到傍晚她就坐在阳台的藤椅上，端着奶茶看那漫天金灿灿的余晖缓缓融入湖面，任由傍晚的微风拂过她的脸庞。她就这么静静享受结束一天忙碌工作后的安宁。

而现在别说湖景房，她还不知道这间小破出租屋能不能住到下个月。肖冠像拉过头的弓弦，这一刻终于到了承受不住的边缘，她在十一点的夜晚哭得歇斯底里。

哭完之后，肖冠还得拿起手机核对明天的工作安排，她往下刷未读信息时，发现下午她妈妈发了一连串照片过来，全是她儿子或吃饭或睡觉的样子，看起来十分可爱。

肖冠不是个喜欢小孩子的人，她对这个便宜儿子也没多大兴趣，但她不得不承认，这一刻她确实有被治愈。

再往上翻，是她妈妈发的一长段语音，有三十多秒。她妈妈打字不利索，一直都习惯发语音。肖冠平时最烦的就是客户给她发语音，半天说不到重点，不过此时她却没有那么多烦燥的情绪，她点开了语音。

她妈妈絮絮叨叨地告诉她：天冷了，记得加衣服。平时忙也要记得吃晚饭，应酬的时候少喝酒，多注意身体。宝宝走路走得越来越稳了，都可以不用扶就能自己从客厅走到阳台。今天多吃了半碗果泥，胃口很好。

语音的末尾是一段杂音，接着传来一个咿咿呀呀的声音，口齿不清地喊妈妈。

肖冠发现自己已经泪流满面。

从前她觉得，那些生了小孩后就围着孩子转的人太过矫情。但现在她有一点理解了，在某些时刻，孩子更像是个希望，会在心底留下一片能被安抚的柔软。

其实肖冠想过很多次要抛下这个贫困的家跑路，这不是她的人生，又不是她自己识人不清跟人私奔，别人犯下的错凭什么她来买单。但很快，肖冠发现跑路后正常生活的可能性为零。债是以她这个身份借的，不还高利贷的后果她不敢想象，她被追债的人逼到门前时，憋屈得不得了，可也只能打碎牙齿往肚里吞。

人生可太艰难了，在无数次濒临崩溃的边缘肖冠都告诉自己，再坚持一下，就一下，没准熬过这一下她马上就能穿越回去了。

08

肖冠带着团队花了一年时间终于找到了突破口，由于驰风的成本上涨，原来的低价政策无法大规模推行，肖冠他们趁着这个机会推广自己的品牌。

肖冠有策略地找到那些对汽车技术要求相对较高的企业，大力推进有朗悦专利系统的系列车型。驰风的新品这两年不如他们，少了价格优势，眼前的局面对朗悦而言更加有利。

肖冠成天往返于各个企业之间，不遗余力地介绍朗悦专利技术具备的优势。他们这一年来的推广有所成效，知名度比以往提高不少，加上一些小商家的良好反馈，朗悦的口碑逐渐做起来。很快，陆续有企业和他们签订合同。

突破口一旦打开，就势如破竹。这一年他们已经将 C 省的潜在市场摸得足够透彻，厚积薄发，朗悦的销售额迅速上升。

半年后，肖冠带着手下打了个漂亮的翻身仗，朗悦通过不断蚕食，最终抢了驰风的风头。

肖冠整个团队在总公司的表彰大会上被当成案例来宣讲，总公司恨不得让全国都知道他们啃下了最难啃的一块骨头。肖冠一时间扬眉吐气，让终于有了苦尽甘来的感慨。

她靠着业绩还清了一大半的债务，还给她妈妈换了更好的治疗药物，给她儿子买了更高级的幼儿用品。

但肖冠的安稳日子没过几天，就接到了调动通知。A市总部因为资金链断裂，导致大批骨干出走，总公司决定立刻从各地紧急调人前去补这个大窟窿。

肖冠好不容易打下C省业务，她是真的不想挪窝。可总公司调令来得急，不去也没办法，于是她只能跟上步伐，加入了A市拯救小组。

A市的资金空缺比他们预计的还要严重，领导层不作为导致业绩大幅下滑，资金链断裂也是因为有人挪用公款。A市总部表面上看着光鲜亮丽，内里却一团糟。

理清各项关系后，他们小组开始紧锣密鼓地制定应对计划。肖冠依旧负责开拓新市场，于是她又开始没日没夜着急上火，加班加点忙到天昏地暗，有时候干脆睡在办公室。

只是她没想到，有一天她会和身为男主的霸道总裁碰上。

A市有个高端商场正在招商，市场部决定拿下他们位于主干道临街的一家店面。这家店面的广告位置非常好，借助商场的名气和地段能在一定程度上提升朗悦的品牌影响力。

肖冠负责和商场洽谈，但这个门店也被霸道总裁看上了，由于位置很好，争夺店面的商家也不少，只是其他商家眼见霸道总裁有意向，都主动退出卖个人情，最后只剩下肖冠这边和霸道总裁竞争。

肖冠很久都没注意过书里的剧情，她都快要忘记男女主这两人了。眼下出现这个局面，她心里有一点点害怕主角的光环作用。不过她总不能去跟上级说，对方自带光环，我们还是退出吧。

她摆正心态，准备迎战。

霸道总裁所在的江氏集团实力雄厚，品牌做得也大，商场是更倾向于和霸道总裁合作的。肖冠通过调查，做了一份完整的计划书找到商场负责人商谈。商场为了逼退他们，改口之前所说的利润分成，一下就上涨了3个点，摆明了不想合作。

肖冠对分成咬死不肯松口，只从销售额切入。她列出一张数据分析表，提出了一个让商场瞠目结舌的营业额标准，这个营业额远远超过霸道总裁那边。如果真按照肖冠所说，和朗悦的合作利润要比和江氏的高出一大截。

但是商场负责人不想得罪江氏，于是劝肖冠："你们也不用这样夸下海口吧，以后合作的机会还有，犯不着这么意气用事。"

"是不是意气用事我们自己心里清楚。"肖冠拿出计划书，自信十足地说，"我可以保证我们能按时完成业绩，如果三年后达不成约定营业额，利润分成就按照合同两倍计算。"

肖冠的气场太足了，在她的步步紧逼之下，商场最终和他们签订了合同。

霸道总裁得知自己落选后有点意外，他在结果出来后见到了对方负责人，是个看起来很干练的年轻女性。

"江总好。"肖冠微笑着率先和霸道总裁打招呼。

"你认识我？"

"当年曾有幸在江氏旗下的踏云工作过一段时间，承蒙贵司关照。"肖冠解释，顺便问了一句女主，"安小姐现在还在踏云吗？她近来可好？"

提起女主，霸道总裁仿佛有点欲言又止。他只随口应付了几句，便匆匆离开。

肖冠有点奇怪，这么久过去了，难道霸道总裁和女主还没在一起？

这剧情也太磨叽了吧，但肖冠也懒得管那么多，反正剧情和她又没半毛钱关系。再说，她靠着实力赢了男主一回，心情正好着呢。

回去汇报完商场的结果，肖冠继续投入到工作当中。她并不知道，男女主的剧情已经发生了很多偏差，而造成这些偏差的人此刻正坐在写字楼顶端的办公室里边喝红酒边审视着男主的近期感情生活。

09

老总是泡温泉的时候穿越的，他半小时前还舒舒服服躺在温泉池里闭目养神，一睁眼就发现自己在一个陌生的酒会上。

面前是一个长得很漂亮的女孩子，穿着一身露肩礼服，披着精致的卷发，手里拿了一个空酒杯，此时正愤怒地瞪着他。

老总缓了缓神，他刚刚好像被眼前这个女人泼了一杯酒。他垂眼一看，果然，西装上有一大块酒渍。老总一脸蒙，这人是谁？这是什么地方？还没等他想出什么，有个人猛地推了他一把，顺势搂住了面前的女孩子。

"刘总，这是我的人，还请自重。"一个男人冷冷地盯着他，眼神犹如猛兽护食。

这男人长得不错，五官俊朗，个头还挺高，身高加上气势，给人一种压迫感。

老总被泼了一身酒，又被无缘无故推了一把，脾气就上来了。

"你们两个哪个公司的？懂不懂规矩？！"

由于这两人出众的样貌，老总下意识以为这是两个明星，他当了多年的上位者，走到哪儿不是被人供着？区区两个不知道哪儿来的小明星也敢这样对他，正准备发火，他突然被旁边的人扯了一下。

"不好意思，江总，刘总初来乍到，不是有意冒犯的。"旁边的人拦着他赶忙赔礼道歉。

"看来刘总得好好学学规矩了。"男人冷哼了一声，轻蔑地瞥了他们一眼，带着女孩就走了。

"这两人谁啊？！这么趾高气扬！"老总不耐烦地问，他被气得火大。

"你可千万别去惹他，那人是江氏集团一把手，江逸鸿，年纪轻轻就坐上了董事长的位置，可惹不得。那个女孩子好像就是他的小女友，你去调戏人家，那可不是在老虎头上拔毛吗？"

谁？老总更疑惑了，他从来都没听说过什么江氏。不仅如此，他发现和他说话的这人，他也不认识。

"刘总，咱们好不容易才拿到这个酒会的请柬，你这一上来就得罪了不该得罪的人，唉，这可怎么办。"

老总沉默了一会儿，他觉得眼前的事情似乎有点不大对劲，因为他不姓刘。

10

老总在厕所看着镜子里的那张脸，秃顶，发福，活脱脱写着"中年油腻男"几个字。身上的西装也是暴发户的品位，老总嫌弃地把沾了酒渍的外套脱了下来。

此时，他无比怀念自己每周坚持去健身房举铁换来的肌肉，以及茂密的头发。虽然原本他已经步入中年，但他绝对不会放任自己堕落成这么个模样。

老总花了十多分钟弄明白了他现在的处境。他穿越了，穿进了一本狗血小说，那本小说是叫什么《聆听我的声音》。

如果要问老总这种日理万机的大人物为什么会知道这本狗血小说，倒不是他有这方面的独特爱好，而是因为他刚刚买了这本小说的版权。他是出品方，他才刚刚看完这个项目的计划书。

这本小说没什么逻辑，人气倒挺高，是个可以赚钱的IP。只是他怎么都没想到他会穿过来，身份还很尴尬——对女主心怀不轨的反派角色。没记错的话，接下来男主就要放肆打压他了。

老总回去后看着自己手里那点东西，再对比男主庞大的背景，突然觉得心里发慌。于是老总当机立断，立刻转移资金，任由男主出手把他那家小公司整破产。老总不是软弱，恰恰相反，老总本人是个独具慧眼的投资人，在商场上摸爬滚打了几十年，他经历过无数大风大浪，顺应时代潮流开创了自己的商业帝国。简单来说，老总是个有野心的人。他很清醒，现在和男主对上，无异于以卵击石。

老总对于现状倒不是很担心，尽管男主的人设逆天开挂，不过这书写得毫无常识。书里对于商场的描写那叫一个异想天开，关于男主的描写百分之九十都围绕着和女主谈恋爱。办公室摸头，风雨无阻接女主上下班，替女主挡酒，就这些破剧情，老总真看不出男主有什么商业天赋。

穿都穿了，左右闲着也是闲着，老总决定教男主怎么做人。他当然不会上去就跟男主正面刚，男主背后好歹有个涉足各行各业的庞大江氏，坐在男主那个位置上，哪怕是个傻子也没那么好糊弄。

他打算先避开男主的锋芒，韬光养晦，一边做市场分析，一边密切关注男主的动向。由于男主跟人打了招呼，老总现在到哪儿都不受待见，老总觉得男主还是太闲了，得给他找点事做。

他本着为男女主的爱情事业添一把火的精神，把小说里那些男二男三男四都找了出来，让他们去缠着女主。

事实证明，老总这一招非常有效。

这本来就是一本狗血恋爱小说，多个男人围绕在女主身边会产生剧烈的化学反应，快速推动剧情发展。

今天是温文尔雅的钢琴家和女主在某个大赛上见面；明天是英俊帅气外科医生和女主邂逅；后天又是某官二代为了女主一掷千金，只求博得佳人一笑；男主疯狂吃醋，成天都在跟踪女主，每天上演"你心里到底有没有我"的信任危机。

就算这些男配都被男主解决了，也没关系，还有女配。男主这种优质股，身边少不了狂蜂浪蝶。

什么自幼订婚的对象、留学时期的火辣学姐、合作集团的美貌千金。

这文里配角一大堆，老总甚至不用专门去设局，他只要轻轻推动一下，剧情就一集比一集劲爆。

即便这些配角都下场了，配角背后还有配角，喜欢女主的优秀男配背后必定还有追求这些男配的女人。同理，喜欢男主的女配背后肯定也有不少追求者。

女主被绑架、陷害、下毒。男主被威胁，心腹被利用，遭遇车祸。当这些人聚在一起，剧情就会越来越狗血，致使男女主的生活无比精彩，绝不会虚度任何一天。

老总就这么在背后一手操控着主角剧情，慢慢积累自己的势力。

而这些，沉迷工作的肖冠一无所知。解决完 A 市的问题后，她颇得大领导赏识，被提拔为 A 市销售部部长。A 市是朗悦最重要的大区之一，这个位置惹无数人眼红，不仅因为这个位置掌握了朗悦最丰厚的业务，并且还有机会进入总公司高层。

肖冠的债务已经全部还清，她的事业现在是水涨船高，所负责的项目也是越来越大，她已经成为公司重要骨干，承担了把控未来发展方向的责任。

传统的制造业正在落没，朗悦一直重视技术层面研发。目前电子智能化是大势所趋，高层决定向这一块进军，新战略规划和落实的担子落在了肖冠的肩上。

肖冠计划参加政府为了促进高新企业发展举办的扶持项目，政府规划了一片高新区，拿出一块地皮公开招标，中标后官方除了注资还有一系列政策优待。这是一个绝佳的机会，能减小他们转型的风险。

这次招标小说里也有写，只是一笔带过，就写了男主中标后如何把其他对手虐得毫无招架之力。由于描写过程毫无商业参考价值，肖冠直接把这个剧情抛之脑后。

走到现在，肖冠已经不相信所谓的光环作用了。在她看来，只要有绝对的实力，男主并没有什么可怕的，她做好充足的准备去参加这次招标。

盯着这块肥肉的不止她一个人，老总也在其中。只不过在老总看来，除了站在食物链顶端拥有主角光环的江氏，其他人都是背景板。所以老总一心想着怎么对付江氏，霸道总裁哪怕再具备光环，他的设定也是普通人类。没人能在一大堆狗血的感情冲突中还有精力去负责项目，江氏的智能电子技术整体的来说是不如老总的团队的，他有九成把握能把江氏压下去。当江氏底价报完后，他心里完全踏实了，江氏毫无疑问会出局。

老总终于找到一点做反派的感觉，正当他准备迎接胜利果实时，招标结果被主持人宣读了出来，中标企业是朗悦。肖冠在一片惊诧艳羡的目光中从容不迫地站起来，走上台发言。

此时，在台下的老总已经完全呆住了，他身边有人在小声议论。

"这人是谁啊？"

"朗悦的销售部部长肖冠，她可是出了名的女悍匪，厉害得很。"

"我听说过她，她曾经带着整个团队花了一年半的时间在C省把驰风给比下去了。"

"这女人不简单啊。"

"那肯定，能把江氏都挤下去的，能是什么软柿子。"

……

老总已经听不见他们在说什么了，他只觉得他掌握的剧本出现了一道裂缝，这个肖冠到底是谁啊？！

12

老总反反复复回忆了一遍小说，他可以肯定，绝对没有肖冠这号人。他又去查了肖冠的背景，出乎意料的是，肖冠最开始只是江氏旗下门店的保洁员，后来不知怎么成了销售，还签下一个两百万的大单子。

她在江氏只待了几个月，随后辞职进入朗悦。朗悦和江氏不同，是一家中档汽车公司，论名气肯定不如江氏，从江氏离职去朗悦，正常人谁会这么干？

最让人难以置信的是，她一到朗悦就被派出去开荒。接下来的几分钟，老总看到了一份惊人的履历——肖冠是一步一步爬上来的，晋升速度非常快，业绩也足够优秀。她用了一年半的时间，在没有死角的 C 省将朗悦低迷的销量冲到了第一，占据了 C 省 60% 的市场份额。

之后朗悦在 A 市发生资金断裂，管理层出走，肖冠被调入 A 市项目组。在持续亏损的情况下，大胆拿下三个大型商场合作方案。头一年她几乎是疯狂砸钱，第二年年中，朗悦的销量出现爆发式增长，A 市的市场被成功扭转。因为表现突出，肖冠击败其余竞争者被任命为朗悦 A 市的销售部部长。

这女人不一般啊，老总看完后沉思。这种狠角色往后对他势必是个威胁，何况他的公司也还在发展中，他觉得有必要会一会这位女悍匪。

肖冠此时正在开会，拿下这个标只是开始，后续的开发和对接还有很多事要做。

会议结束后，助理敲了敲门，对她报告："肖总，衡光的刘总想约您见个面。"

"衡光？"肖冠记得这家公司也是投标公司中的一个，他们是自主研发技术，优势明显，甚至还压了江氏一头。好在她做足了准备，要不然这次招标花落谁家还难说，她想了想朝助理示意，"约在下周二中午。"

她准时赴约，刘总已经先到了。他个头不是很高，发际线有一点点靠后，身材还算匀称，看着慈眉善目，一副老好人的样子。他很绅士地替肖冠拉开椅子，说话很风趣，三言两语就拉近了关系。

肖冠对他印象还不错，吃饭过程中和他探讨了一下未来的商业模式，顺便试探了一下他的打算。一番交谈下来，肖冠觉得这人不简单，看问题很准，讲话也是滴水不漏，想必会有一番作为。

而对面的老总此时心里也颇为感慨，这女人胃口不小，气势十足，还有几分头脑，任由她做大的话，往后免不了兵戎相见。

两人这顿饭表面上吃得分外和谐，心里都在琢磨着自己的小算盘。老总主动提出合作，肖冠也有此意，他们的技术刚刚起步，若是有成熟的团队帮忙，公司获益非凡。

之后老总和肖冠又见了几次面，都聊得很投机，然而始终没聊出个什么结果。

原因很简单，谈不拢。双方利益有冲突，又都是老狐狸，精明得很。谈话结束后，二人分道扬镳。

13

老总坐在办公椅上抽着烟，开始思索，书里完全没有提肖冠这个人，他没办法利用剧情来对付她。不过转念一想也情有可原，这就是一本玛丽苏恋爱文，除了谈恋爱就没别的了。

想到此处，老总灵感一现。既然这是一本恋爱文，按照套路来说，女人一旦陷入恋爱当中就会丧失自我，肖冠年纪不大，想必也不能免俗。他决定剑走偏锋。

很快，朗悦的前台每天都能收到一束精美的鲜花，随之而来的是各种各样的邀约，晚餐、酒会、演出，还有早晚问候。

肖冠看到后嗤之以鼻，对助理挥挥手："还跟以前一样。"

前台熟练地把每天送到的鲜花卡片处理掉，保证这些乱七八糟的东西不会出现在肖总面前。

肖冠没想到老总居然会用这种老套的手段，上个星期还为了专利共享不肯让步，现在就开始热烈示爱了。她又不是傻子，大家都是无利不起早的老狐狸，为了什么心里都有数。

这些年也有不少人想追她，他们的目的都差不多，手段五花八门，什么每天蹲在楼下等她下班，每日送爱心午餐，送花，时不时邀约去听音乐会，还有舞会请柬，热气球表白，烟花表白，甚至还有人弄了整个舞团在她回家的路上演了一场快闪。

然而这些对肖冠毫无用处，她能加班到天明，直接不下班。午餐十分钟就吃完，不是在开会就是在去开会的路上，根本没有时间去进行任何业余活动。实际上，肖冠就没有业余时间这个概念，她从不放假，过年在家她还得看七八份文件。

她连自己儿子的入学典礼都没时间参加，哪儿还有闲心去谈什么恋爱。曾经有人挖空心思打探她的喜好，结果发现她除了工作，几乎就没有感兴趣的事，她自律得可怕。

老总很快发现肖冠不为所动，不过他想，女人嘛，打动她的内心只是时间问题，于是老总坚持亲自送花送了三个多月。

终于有一天，肖冠给他回了一个电话，老总还没来得及高兴，只听肖冠说："刘总，你们这次新出的系统性能不错，期待你们下个季度的销量。"

老总挂了电话才收到营销部传来的消息，朗悦的自动系统已经上市，大有和他们打擂台的架势。

这女人简直是块石头！老总差点没把手机摔出去。

14

朗悦和衡光的较量正式拉开序幕。

老总不得不打起十二分的精神，他自从穿过来之后，从来没有谁能让他这么头痛。肖冠和江逸鸿不同，她没有什么明显的弱点，她也不会陷入所谓的恋爱陷阱。

肖冠手段非常强硬，强硬得如同他曾经在商场上的对手。这个女人太真实了，根本不像一本玛丽苏小说里的人物。老总使出各种手段对付朗悦，舆论攻势，价格攻势，他甚至为了对付朗悦，不惜和江氏联手对朗悦进行市场排挤。

肖冠这边就一个字，稳。

对方舆论攻击，说他们系统稳定性差，延缓慢，定位不准，朗悦这边直接用数据正面刚，一条条给你列清楚，并且附带衡光的对比数值，毫不留情地暴露衡光短板。

虽然价格战在商场上是玩烂了的伎俩，效果却明显。衡光联合其他商家对朗悦进行价格打击，朗悦特别硬气，随你们怎么搞就是不降价。

肖冠深知价格战这种东西在新兴产业玩不了多久，技术创新成本巨大，如果要实现技术层面突破，成本不可能控制下来，只要耗下去，对方肯定撑不了多久。

衡光打的是让他们市场缩水，减少资金流动的主意，资金回转不过来，朗悦只能顺应趋势把价格往下压。

双方都在耗，就看谁耗得更久。

肖冠比老总想的还要猛，她直接给朗悦总公司下了军令状，一年之内营销额上涨10%，并申请了一大笔开发资金，联合其余小型开发企业和他们对战。

老总对肖冠的评估没有错，肖冠势头很勇，她敢于另辟蹊径，而且她眼光特别独到，能把自身优势发挥得淋漓尽致。即便朗悦处于困境中，可他依旧撼动不了分毫。肖冠把现有的客户抓得死死的，如同守城大将，任由外面怎么叫喊，她岿然不动。只要其他人稍有松懈，肖冠的队伍就猝不及防杀出来，捞完一把，不等正面交锋又躲回去，时机掐得很准。

其他商家被她整得心力交瘁，衡光的联盟如肖冠预计的那样，不会太久，江氏和衡光的合作是冲着衡光的核心技术团队去的，衡光自然不会轻易把技术分享出去，双方矛盾日益增加，最终撕破脸皮停止合作。

江氏一退出，这个联盟几乎土崩瓦解，很多企业都是冲着江氏的雄厚背景加入，江氏的退出无疑使结盟失去凝聚力，衡光不得不将市场价格上调。

衡光在涨价的过程中流失了一部分客户，这些客户都被肖冠那边挖了一遍墙角，多多少少让朗悦捡了漏。

这场较量朗悦撑到了最后，肖冠大获全胜。

15

朗悦和衡光争夺市场一度引起空前的讨论和关注，曾经最被看好的江氏却因为技术短板，已经很难再从这两头猛虎嘴里抢下肉来。

连续三年，朗悦的销量都始终高于衡光。而肖冠还有继续比拼的架势。

老总到最后表示他真的服了肖冠，这个女人太可怕了，她身上仿佛有无穷的精力，稍有不慎，就会被她抓住漏洞。

最初他只把这一切当成一个游戏而已，他万万没想到现在已经完全超出一个游戏的范畴了。实际上没有人还记得这是一本玛丽苏小说，男女主那些狗血的爱情早就没人关注，他们眼前只剩下庞大的市场和新建立起来的商业帝国。

后来一次偶然的机会，肖冠和老总得知了对方都是穿越者的身份，肖冠感慨，难怪那么多对手里面，老总这人最有远见又最难对付。

老总也说，我就说一本玛丽苏文里怎么可能有你这样的狠角色，原来你是开了挂的。

肖冠想了想说，她这也不算开挂，就是开局被强行塞了一个没有退路的身份。她不得不前进，因为她背负了巨大的债务和一个摇摇欲坠的家庭，没有谁能帮她。如果她不努力，她的结局只能是被逼上绝路。这一路没有任何捷径，除了前行，别无选择，于是她在这条路上越走越远。

如果她还是从前那个肖冠，她绝对不会相信有一天能站到这个高度，她现在问心无愧。她靠着自己的坚毅，踏过无数的坎往上行走。所谓的商场，没有风花雪月，没有那么多贵人，也没有那么多机遇。有的只是她在腥风血雨中不断锤炼出来的能力，一次次摔倒之后，她穿上铠甲，披荆斩棘，最终坐在了王座上。

END

他举了举手，似乎想擦一擦我的眼泪，但最终还是因为无力而垂了下来。

拒绝定义故事·因为够酷才闪耀

《无糖主义》
逆袭女王

9 个高光时刻的绽放
9 个酷女孩的逆袭人生 ///

小白花逆袭女王 #　　 # 别低头，皇冠会掉
不当包子，做自己的主

随书附赠
"勇敢说 NO" 书签

你是黑夜的预告，陷落的征兆，我逆袭成王的开始

SEA

沉山烟海

文 墨追

墨追

01

"我——快——死——了——"我拖长声调,闭着眼昂着头跌跌撞撞往图书馆走。书包悬空着吊在背上,沉甸甸地一下一下拍着屁股。

"谁——来——救——我——"

"行了,难看不难看。"身旁的男生打断我的鬼哭狼嚎,我直起身子时正好看到他皱着眉头嫌弃的表情。

没错,我就是鱼肉,而下周一要上交的课题报告就是我的屠宰场,磨刀霍霍的导师大概已经做好了把我当众处刑的准备,有多少人在等着看我笑话呢?

"那你不考虑伸出援手吗?"我可怜兮兮地拽着好友的衣角,"救人一命胜造七级浮屠……"

"谁叫你选了这么偏门的主题。"他佯装嫌弃地扯了扯衣摆,但没真的用力。

这会子我们已经踱进了一楼的自习室,他谅我不敢在公共场合造次,便由着我无声撒泼。

"你自己琢磨一下是不是自讨苦吃?"

抱歉,这儿只卖黑啤。

48

事情的起因是这次的期中作业——交一份课题报告，主题不限。我挑选的是清末年间一位商业巨亨的家族史。

这位大鳄的家世相当传奇，据说他的家族之所以盛久不衰是因为有一件宝物，世称"聚宝盆"。

这件宝贝的神奇之处在于，只要放进去某件珍宝，就能拿出十件与之相同的东西。

也正因为这件宝物，使得这个庞大的家族在清末时期遭遇了诡异的变故，皇帝无缘无故下令将他们沈氏满门抄斩，以至于最后他们这一脉有无延续也无人知晓。

我本以为一切会相当顺利，然而始料未及的是，相关资料非常稀少。

我跑遍了图书馆也没有找到有关这件宝物的具体详述，而他们是否有后代延续更成了一个难解的谜。

这就给我的研究蒙上了一层阴霾。

无奈之下，我临时抱佛脚地赖上了盛山——这家伙总能用一些稀奇古怪的点子救我于水火之中。

但当这次他听到我这个请求后，却一反常态地拒绝了我，还叫我不要再烦他。

偏巧了，我是个不懂放弃的人，他反应这么异常，一定是知道些什么。

果然，在我的软磨硬泡下他终于熬不住了，承诺今天会提供一些有用的信息，交换条件是让我请他吃一个月的冷饮。

冷饮算什么？我给你现凿一块冰都行。

"是，我活该。"我咬着牙不情不愿地示弱，挤出连自己都觉得相

当"狗腿"的谄媚嘴脸，举着书本殷勤地为好友扇起了风。

"既然您骂完了，是不是……该拿点好东西出来了？"

盛山瞥了我一眼，叹了口气，从包里拿出一个用纸皮包裹的物件来，看样子是本书。

我迫不及待地接过来要拆，结果被敲了一下脑壳。我抬起头露出怨念的眼神，结果他更凶神恶煞地盯着我。于是我退缩了，乖乖放慢手脚，小心翼翼地翻开这本陈旧泛黄的书籍，封面四个古朴的竖字映入眼帘：沈氏秘记。

"小心点，这可是我从我爸的书房里偷拿出来的东西，平日里他碰都不让我碰一下，你可别弄坏了啊。"

沈氏秘记？

听上去有些路边摊小说的感觉。

刚开始我还以为是盛山这小子在敷衍我，但看背面，并没有出版社或印刷厂的信息，且尾页处还有一个小小的红章，用的是古文字体，勉强能辨认出是一个单字，但并不是"沈"。

没准是真东西。

我继续翻看这本书，见第二页画着一间屋子的草图，是六进六出的宅邸。右边是整个庭院的俯瞰图，虽然模糊，仍可窥见沈氏一族当时的盛况。

再往下翻就是密密麻麻的小字，多用古文记事，前面的发家史和我在档案室找到的都是一致的。

沈家最盛是在明时，据说富可敌国，连皇帝都要忌惮三分。

但到了清末，沈家的气数不知为何就逐渐散尽了。之后仅有的三子也接连去世，最后一场大火燃尽了整座宅邸，一切归于平静。

我有些摸不着头脑，这书还比不上我手头的资料呢。

别说沈氏的来龙去脉了，关于宝盆的来历和去处一点解释都没有。

大火又是怎么回事？三子？一个子嗣都没留下吗？

犹豫间，我的手已经翻到了最后一页，文字是较为现代的楷体，还能辨认，写的是：千金散尽还复来。

后面半页应该还有什么字，但被人撕去了。

又进死胡同了……

我把书合上，干脆整个人半趴下来，歪着脑袋盯着书籍。

这小子该不会真的在诓我吧……

盛山还在自顾自地打游戏，眉头皱成一团。

"这么认真干吗啊。"我小声嘟囔道，又贼心不死地翻了几页。

自习室内凉风习习，窗外还有蝉鸣声，令人不自觉感到头昏脑涨。书本最后那句莫名其妙的诗句还萦绕在脑海中，我慢慢眯起眼，本打算再琢磨一会儿，没想到就此昏睡了过去。

恍惚间好像听到什么声音……

"醒醒，在这偷懒啊？"

是不熟悉的女声，带着浓浓的方言口音。

我抹了抹嘴巴坐直身子，发现周围所有人都在盯着我。

你们都是谁啊？

这是一个被柴火和石砖充斥的小屋，周围的人大多身着灰色棉麻材质的褂衣，他们无论男女，头发都挽成一个简单的发髻，用布条包扎起来束在头顶。有的人手里拿着竖纹的纸页，另一手握着狼毫小笔，但无一例外的，所有人都皱眉盯着我，脸上露出不知是无奈还是嘲讽的表情。

"下次再让我逮着可就没这么容易放过你们了。"说话的老阿姨一边拿藤条敲了敲桌子，一边继续对大家说道。

"大少爷回府后进食就少，想来是吃不惯家里的东西，谁有什么法子，可提出来供大家商榷?

"三少爷的饭食虽然每次都会剩下不少，但不可就此减免菜量。

"每天的饭菜都要记录在册，不可懈怠。

"要是让我知道谁行事偷懒敷衍了事，小心我报告二夫人，剥了你们的皮！"

我低头一看，才发觉自己和众人穿的竟然是一样的衣服，慌忙摸了摸头上，也有个差不多的发髻。脑子"嗡"了一下，我好像想到了什么。

"沈家不养吃白饭的人，大家都麻利着点——"

沈家?

我呆呆地坐在座位上，有些不敢相信自己的处境。

我怎么穿越到书里来了?

一定是盛山那小子给我下了蛊——那书有毒。

我蹲在水盆前愤愤不平地洗菜，大概是一脸迷茫的样子引发了一旁同事的怜悯之心。一个面相和善的女性主动过来攀谈，我才大致了解了现状。

这儿确实是沈家，我问了洗菜嬷嬷现在的朝代，大概判断出是清末时期——正是内忧外患的时候。如今已是沈氏第十三代，也就是传说中没落的一代。

老爷姓沈，单名一个"海"字。膝下有三子，长子名昌，末子名离。沈昌沈离……我在心里默默念着这两个名字，隐约觉得哪里不对。

大少爷和三少爷都被提及了，那二少爷呢？

"你是新来的，问这话倒也无妨，以后可别再说了。"嬷嬷压低声音，我也跟着凑了过去。

"大少爷是大夫人所生，自小深受器重，又受朝廷派遣去洋人的地方留过学，日后可是要继承家业的，我们当然得巴结着点。

"三少爷是二夫人的儿子，体弱多病整日藏在屋子里不见人。大夫人去世后，老爷又不管事，二夫人就成了半个当家的，一进门就生下这个儿子，宝贝得跟什么似的。

"至于二少爷……"

"动作快点，就到饭点了。"有管事的人在喊。

"哎——"我和嬷嬷异口同声地应了一句，左右看看没人，才又继续说起话来。

"二少爷和大少爷虽然是一个娘胎里出来的，但远没有大少爷那么得势。夫人还在的时候，家里没人敢说什么，但自从夫人去世，老爷又续了弦，现在他呀，就像这个家里的外人一样。

"不过我倒是挺喜欢他的，常和我们一起来往，还送东西补贴下人。

"其实二少爷心善，只是不爱争罢了。"

哦，豪门恩怨。

我在心里梳理着这几个人的关系。

"哎，那个谁，叫你呢。"

嬷嬷撞了撞我的胳膊，示意掌事在叫我。

我直起身子，慢吞吞往她那儿走："您叫我？"

"你叫什么来着……"头发已经花白的妇人抚着额头问。

我灵机一动，露出招牌似的谄媚笑脸来："我叫柳娘，是新来的。"

"对，柳娘。"她点点头，假装自己记得，然后指了指一旁的托盘，"一会儿菜齐了你给大少爷端过去，小心别撒了啊。"

好家伙，原来我是个传菜服务生。

我抱着胳膊，乖乖地站在一旁。炒菜的厨子挥舞着铲子，浓黑的油烟像蘑菇云一样升腾而起。我望了一眼黑乎乎的菜，别说什么留洋归来的大少爷了，就连盛山这种不挑食的人都未必会闻一下。

盛山……

我在心里叹了口气，不自觉有点想他，大概是因为沦落到了这种鬼地方，连那小子的嘴脸竟然都变得和蔼可亲起来。

"好了，快端出去。"

我把沉重的木盘捧在手上，跟着引路的小厮往外边走。

后厨在宅子的角落，得穿过一片后花园才能到大少爷的住处。

待走到圆形拱门前，一个黑衣男子伸手拦住了我。我看他小心翼翼地从怀里掏出一个黑色布袋，抽出一根银针往菜里探了探，过了几秒才放我进去。

居然还得试毒……

喂，你们不是一家子吗？

我突然觉得不寒而栗，这个家族好像没我想象中那么简单。

"直走右拐。"打手一样的男人头也不转地示意。

我沿着他指的方向小心翼翼地前行，走了数十步，突然脚被绊了一下，手上的托盘也跟着脱离了掌控。

完了。

我正要喊叫，突然被人扶住胳膊，托盘内的碗盏"砰"的一声，又好好地回归原处。

"谢谢您……"我慌忙鞠躬，一抬起头，差点惊呼出声，一瞬间以为自己看到了盛山。

"你是新来的吧。"

"是。"我回神一秒，意识到自己看错了，赶紧低下头，"我叫柳娘。"

"我叫沈安。"

面前的男人微微笑着，嘴角弯成一抹好看的弧度，长发温顺地扎成一束搭在肩上。眉眼如玉，温声细语。一身海青色长褂称得他身形匀称修长。骨节分明的手牵着根黑色的绳子，另一头的小哈巴狗正"呼哧呼哧"喘着气。

刚才就是这小东西险些把我绊倒。

我发了一会儿呆，有些不太适应，好半天才想起来应该问好，但一时不知这个时代的人应该用什么样的礼仪，只好别别扭扭地屈了下膝。

"不必多礼。"他点点头，看向我手中的饭菜，"是给大哥送的吗？"

"是。"我莫名有些拘谨，这么一看又和盛山有些不同，盛山的眉眼更犀利一些，而他身上只有温润的气质。

叫大少爷为大哥，又姓沈。那想必就是……

"那快去吧。"他让步放行，"饭菜该凉了。"

"前面砖石有青苔，要小心一些。"

我呆呆地望着他离开的身影，心里五味杂陈。

这个人，就是沈安。

可他长得……好像盛山啊！

我思绪万千地边走边想，期间又迷了两回路，拦了人打听才千辛万苦地到了指定的地点，然而这个小小庭院的看门人再次拦住了我。

"大少爷不在，去和老爷商量事了，你上正厅寻去。"

好吗，还得三顾茅庐。

我捧托盘捧得手酸，但也不能把东西摔下就走。好不容易有了这个穿越的机会，怎么能不抓紧机会搞清楚事实真相？受点委屈也就罢了，等把资料拿到手咱就远走高飞，回去宰盛山一顿大餐。

我想得美滋滋，正忍不住哼起小曲，却听见正厅传来一声怒喝，吓得我手中的托盘险些又要脱手。

"胡闹！"

是中气十足的男声，敢在这个宅子里这样大声吼的人，大概只有沈家老爷了。

我小心翼翼地踱到门边，假装候着，实则在听墙角。

"说了家里没有那种东西！要我讲多少遍！"

沈老爷像是发了大火，一掌拍在桌子上。

"可现在这个节骨眼……拿不出宝盆来，可是要被杀头的啊……"

宝盆？

我偷偷往里瞄了一眼，说话的是个头戴金钗身着锦缎的妇人，脸上的脂粉涂得很是厚重，想来就是嬷嬷说的二夫人。

他们在说什么宝盆？

"父亲，"是另一个年轻的声音，"这回可是皇帝指名要咱们家的聚宝盆，可不是我在向您讨啊。

"时限可就快到了……"

时限？什么时限？

我恨不能闯进去问个一二，但被门边的守卫面无表情地盯着，我只能强忍着手臂的酸痛，老老实实地继续站着。

"你怎么在这儿？"

是刚才听过的声音，我转头看到沈安牵着他那只小狗，歪着脑袋望着我。

"没找着大哥，来这儿了是吗？"

对！真聪明！所以能不能救救我！

我露出快要疯掉的眼神，他好像一下子就明白了我的意思，点点头，迈步朝厅里走去。

"父亲，大哥，母亲。"

我才想起来嬷嬷说的……这并不是他的亲生母亲。

"沈安你来了。"是大少爷的声音，"快劝劝父亲，要是交不出东西来……

"江南水灾，地方巡抚抗洪不力，境外又虎视眈眈，朝廷国库亏空。

皇上听说咱们家有个能生财的宝盆，指名要把这东西借去一用。

"七日后这个时辰，我可就要进宫面圣了。"

"皇上怎么会知道我们家有这么件东西？"沈安问道，语气不慌不忙，"要是传闻，和圣上解释清楚也就罢了。"

"当然不是传闻。"又是那个尖利的女声，她像是在急着抢话，"咱们家就是有。

"老爷，您说句话啊，这屋子里所有人的性命，可全靠您了。"

好一阵沉默，屋内的气氛凝重到了极点，正当我心焦得快要跳脚之时，才听到了沈老爷的声音。

"也罢。"他好像苍老了许多，"容我想想，现在都回去吧。"

我莫名松了口气，想必其他人的心情也是如此。

还真有这东西，太好了！

"柳娘，进来吧。"

我猛地听到有人在叫我，差点一个趔趄撞到门框。我深吸一口气转身进屋，看到了屋内各自站定的几个人。

沈家老爷满面愁容地坐在太师椅上，手托着下巴并不看我，身上的藏青色绣纹长袍皱在一起。二夫人的暗红烫金三叠裙如火焰般惹眼，倒衬得另外两个年轻人神色黯淡起来。

我小心地将托盘放在正中的桌上，但没有人有要用膳的意思，我也不知该不该离开，只好屏着气站在一边。不过这回大家都各怀心事，没有人顾得上搭理我。

二夫人起身行了个屈膝礼，头也不回地朝门外走去。我看到沈昌瞧了我一眼，也拂袖而去，屋内只剩下我们三个人。

沈老爷叹了口气，撑着膝盖站起身，脚步虚晃险些歪倒。沈安连忙上前搀扶，两人一并在桌前坐下。

头发斑白的老人拿起筷子，颤颤巍巍地夹了筷不知名的蔬菜吃，而后又叹了口气："难啊……"

下人又递上一双筷子，沈安接过来正要夹菜，却被沈老爷拦下："你叫厨房另做一份去。"

这大爷怎么还护食呢？我在心里吐槽，和小孩子一样。

"沈安啊……"老人拍着儿子的肩膀，语气竟然有了些哽咽，"国运不济，家道也不堪啊……劳心一辈子，谁知养了一窝白眼狼！"

他说着话，竟激动起来，但很快，又泄了气一般颓然下来，搂着儿子落下泪来。

"你可要平平安安的……"

这算什么？

我没预料到会看见一对父子近乎相拥而泣的场面，实在有些尴尬。

"千金散尽还复来啊……"

千金散尽还复来……这究竟是什么暗语？

白日里厨房没有太多要做的活儿，而且正如我猜测的——我只是个传菜的服务生，后厨重地轮不到我插手。

说来也是，这可是关系到命脉的地方，万一有人往菜里下点东西害人性命怎么办？

不过我为什么会产生这种想法呢？大概是这个家族给我的感觉吧。

晨起的时候我在后花园溜达，一面寻思着有无能帮手的地方，一面琢磨着再套点信息。但今天宅子内进出的人很多，每个人脸上都带着沉重的表情，好像他们在做一些不可告人的事情，连从屋内搬出来的箱子也都被裹着黑布，不知里面藏着什么。

他们是不是要跑路？

我突然萌生了这个念头，是交不出东西要把财产转移了吗？

整个宅邸的人脸色都很凝重，只有沈昌和沈安两个人是例外。我躲在远处观察他们的表情，两人的神色又有所不同。

沈昌神色的明亮是一种我不理解的明亮，好像他并不忧惧即将到来的灾难，甚至有些期待。

而沈安的平静正如其名，他没有太多其他的情绪，只是淡淡地望着来来往往的人，好像一切都与他无关。

至于那日愁容满面的沈老爷，就再也没有出现过了，令我一度怀疑他是不是率先卷铺盖跑路了。但这毕竟是不负责任的揣测，想必他正在某处焦急地想着办法吧。

要真有"聚宝盆"这个东西的话，交上去未必是好事，而要是没这个东西，那可就……

我不敢再往下想去，晃神间，余光瞥到走廊上一个慢悠悠出现的身影。

那是个坐在轮椅上的男人，身后有仆人推着轮椅。他身着浅蓝色轻纱长袍，脸上苍白无血色，一边咳嗽一边拿手帕捂着脸，整个人像一只奄奄一息的蝉。

"你怎么出来了？"沈昌眉头一皱，但还是迎上前去。我感到这个

60

大少爷还是有一些兄长的气魄，虽像藏着不少秘密，但并不令人感到反感。

"日头这么晒，别倒灌了暑气。

"柳娘，拿些冰块来。"

是沈安在招呼我，我吓了一跳，赶紧回身跑去厨房，从冰窖里挖了一些冰拿帕子包着回来。推轮椅的下人立刻接过去，拿扇子扇着风给三少爷降温。

"家里出了这么大的事，我总不能还躲懒。"沈离讲话时给人的感觉像风中摇曳的烛火，仿佛随时都会熄灭一样。

"听说，皇帝知道聚宝盆的事了？"

"是。"沈昌的语气让人猜不出心思，"朝廷有难，吾等自当全力相助，要是能平息了水灾，也算沈家大功一件。"

"但要是这东西没用呢？"沈离眯起眼睛，声音和他母亲一样尖锐，"皇帝打算怎么办？"他牢牢地盯着哥哥的脸，表情并不良善。

"这不是你该插手的事。"沈昌没好气地回了一句，才一会儿就暴露了真实的情绪，看来他平日里就对这个弟弟缺乏耐心。

沈离表情平静，倒像是已经习惯了很多年。他依然盯着沈昌，没有退缩："父亲年事已高，总要有隐退的一天，不知他会做何打算。"

沈昌居高临下地望着沈离，莫名地笑了笑，然后走到他面前微微俯下身："阿离，你只需好好照料自己，不必妄想其他的事情。"

他贴着沈离的耳朵，用尽可能小的声音说道，但我还是听到了他的话。

"父亲不会把家业传给一个瘸子。"

我立刻意识到自己此时不该站在此处听他们兄弟三人的对话，便悄悄地往后退了一步。沈安即刻发现了我的动静，朝我笑了笑。

　　我有一瞬间的恍惚，好像站在面前的人并不是书里的人物，而是盛山。

　　久病缠身的三少爷气定神闲，连神色都未变，他只是看着沈昌气宇轩昂离开的身影，一言未发。

　　"他并不是那个意思。"沈安蹲下来，与沈离对视，"他只是……"

　　"我知道。"沈离点点头，"他当然不会把我放在眼里。"

　　他抬了抬手，仆人立刻推着他朝反方向离去。

　　"但是哥哥，你也该为自己的前途做打算了，沈家的太平日子，怕是过不了多久。"

　　最后的话像一缕青烟留在了风里，缥缈，却有些刺人。

　　一时间，前廊只剩下两人，我不知所措地看了沈安一眼，发觉他眼里的平静逐渐混沌起来。

　　"柳娘。"

　　"哎。"我下意识地应了一声，在叫我？

　　"你平日里在后厨忙吗？"他问，"嬷嬷有没有为难你？"

　　我摇了摇头："并无他事，我只是负责饭点时候送菜。"

　　沈安听闻，若有所思地点了点头，略一思忖，从袖中掏出一枚小小的玉佩来递给我。

　　"这是我的贴身之物，你好生保管，在府里走动之时，若有人横加阻拦，以玉示人即可。"

　　我默默接过来，好像明白了一些他的意思，但又不是太明白："二少爷这是……"

"府里近日恐生大事，凡事小心为上。"沈安对我笑了笑，但眼里没有笑意，"明枪易躲，暗箭难防。我不害人，但难免有人生出坏心。多一双眼睛，是好事。"

我脑子一麻，突然意识到他意有所指，这一领悟令我感到后背发凉。

这栋宅子里的所有人都没有看上去那么简单，而沈安或许也并不像我以为的那样一无所知。

七日之限很快就过去了，距离皇帝的最后期限还剩几个时辰。

期间并无他事。沈安还是老样子，每天浇花遛狗，一副不问世事的样子。沈昌忙前忙后，已然有一府之主的威风。沈离在之后就没有露过面，每日三餐自有专人输送。三兄弟从不同时出现，像是在刻意回避什么。

另外，我曾远远地瞥见过池塘边一男一女坐着交谈的画面，女性大约是二夫人，那赤红色的长裙十分惹眼。但另一个男性就看不清是谁，只能判断出并不是沈海，因为身形年轻，并无迟钝臃肿的气质。

而他俩的举止看起来熟络又亲昵，令人见了难免心生窦窦。

我站在厨房门边，从那日起，无事之时我便成了沈安的跟班，日常除了完成后厨必做的工作之外，还负责向沈安报告府里上下的蹊跷之事。

这一家子人个个心怀鬼胎，要真说起来，恐怕谁都不能相信。我好像领悟到了一些内容，但依然渺茫地抓不到个线头。

里边的同事忙忙碌碌，但今天大家谁都没有说话，整个宅邸上下弥漫着恐怖又阴森的气息，好像进宫进贡并不是一件值得欢庆的喜事，而是要命的差事。

晚上的菜肴依然是黑乎乎看不清的东西。我就不明白了，这么大的家族，难道就请不到一个靠谱的厨子吗？

过一道门的时候依然需要银针试毒，面无表情的守卫最近用针的时间越来越长，好像要用针将盘子刺穿一般。而今晚沈昌明显心情好了许多，连这么难吃的饭菜都消灭得所剩无几。

我没有往正厅路过，但据说沈老爷茶饭不思，只盯着桌上一个红木漆纹的盒子发呆。

想必就是那传说中的宝盆了。

我心痒难耐，想见识一下是否真如传说中的能"搁一生百"。结果心想事成，老爷传令所有人聚在庭院中间，像是打算向大家宣布什么消息。

三兄弟整齐地候在厅内，我不动声色地左钻右钻，站到了门边最近的位置，刚好可以听到几人的对话。沈离依然捏着块帕子，缠着自己的手指，定定地望着木盒，眼神一动不动。

"这就是……晚上要呈给皇帝的东西。"沈老爷重重地叹了口气，把盖子掀开，将里面的东西轻轻搬出来搁在桌面的软垫上。

所有人都不由自主地伸长了脖子。

这是个用翡翠打造的盆，上面镶嵌着各色红蓝宝石，边缘用玛瑙润色了一圈，两端的扶手雕着戏珠龙凤。盆身刻着不知名的金色花纹。整个宝贝看上去富丽堂皇。

果然是好东西。

我看得眼睛都直了，这个盆……本身就该价值连城了吧？

"一会儿我和昌儿进宫去，不定几时能回。"沈老爷似乎话里有话，"大家好生照料自己。"

是。所有人应声。

沈老爷正要把东西放回木盒，突然听沈离说："父亲，能让我摸一下这东西吗？"

我看着沈海犹豫了一下，还是拿起聚宝盆放到了沈离怀中。沈离放下帕子，小心地捧着，用手掌往里抚了一圈，而后笑着点头，示意观察完毕。

"想揽瓷器活，还是得用金刚钻，确实是好东西。"

这话我又听不懂了，这家子人交流都是用暗号的吗？

沈老爷把东西归置好，用锦缎包起来。沈昌跟在身后，两人一前一后迈步出门。我望着沈海的背影，莫名有一种这就是最后一面的心情。

不过本来也不会见太多次面，我迟早是要穿越回去的不是吗？

暮色四合，夜色晦暗。

老爷出门后，屋里的其他人便都悉数散尽了。这会儿他们兄弟俩没散，随从也不能离开。我老老实实地守在一旁，听他们交谈。

"就算是要为水害赈灾，这一个盆也变不出多少东西来啊。"沈安喃喃自语。

我也正有此疑惑，虽说宝盆确实是好东西，但毕竟杯水车薪，就算没日没夜地存东西取东西，生产力也有限。皇帝虽说没学过什么经济学，但不至于不明白这个道理吧？

"二哥是真不知道还是装的？"沈离的语气冷冷冰冰，就像他整个人的气质一样冷。

我看了一眼沈安，他显然也没明白弟弟的意思。

"皇帝要这个东西，为的可不是盆子本身，他要的是盆里的龙脉图。"

龙脉图。

这是另一个不可考的传说，我在其他文献资料里见过，但没想到会在这会儿从沈家的人嘴里听到。

相传每一代皇帝都有独属于自己的龙脉走向，更有传闻说先祖将未开发的龙脉地图镶嵌在了一些宝器之上，交由一些名门望族保管——其中就有沈家。

沈安有好一阵儿没说出话来，我看着沈离游刃有余的样子，仿佛他很早就知晓了这一切。

可他是怎么知道的呢？

"别说父亲什么都没有告诉你。"他慢慢地笑着，看着叫人不寒而栗，"我可是见着前几日他把你叫到书房，偷偷说了些什么，是托付继承之事吧？"

沈安的表情有些黯然，看样子是被说中了。

沈老爷年事已高，而家产无处可托，三个儿子势必难以一碗水端平，二夫人还在那儿盯着呢。但正如沈昌所说，沈离身患隐疾，不可持家，那么家族重任显然是要落在大少爷或二少爷的身上。

"是怎么说，要把家业都托付给大哥吗？"

"父亲并没有交代继承之事。"沈安正色道，而沈离看上去明显不信。

"听母亲说，此次进宫进献宝盆就是大哥的主意。听闻家中有奇物，他主动向皇帝请缨，为的就是立功之后好顺势继承沈家上下。

"大哥还是有计谋。这样的手段，横竖不是你我能构想出来的……"

"不可胡说。"沈安阻断了沈离的自言自语，他看了我一眼，欲言又止，"大哥不是这样的人……"

后半句被屋外传令的声音打断了，我闻声望去，看到一行人快步进屋，领头的是个和沈老爷年龄相仿的黑衣男子。他边走边说话，好像进了自家门一般随意。

"沈兄已然去了？"嗓音嘶哑，像是受了什么强烈的风寒。

"是。"沈离突然露出悦然的神色，笑着朝他问候，"黎伯父。"

我在心里"啊"了一声，他就是黎非？

沈氏秘记有云，黎家是沈家的死对头。沈家家大业大，自然朋友也多，比如世家交好的周家。但这个黎非并不是什么善茬，听说他曾在皇帝面前不遗余力地弹劾沈海，才招致沈家多次遭遇不测。且平日里沈海在的时候，他也不常来往，偏挑当家不在的时候出现，不知安的什么心。

"家父一会儿就回来。"沈安难得出现有脾气的时候，他招呼一旁的人倒茶，"黎大人怎么来了？"

黎非回："听说圣上要借龙脉一用，我也就是来见识见识，没想到还是晚了一步。"

这可有意思。

我和沈安对视一眼，怎么沈家的人不知道这些来历，外人倒全清楚了？

"龙脉的事还另说。"沈安的声音沉了下来，整个人彰显出与过往不同的气势来，"黎大人是从哪里听说的？"

"外边都在传啊。"黎非大大咧咧地换了条腿跷着，似笑非笑地望着沈安，"都说是沈海藏着好东西一家独大，连皇帝都不放在眼里了。不过，要是皇帝满意这东西也就罢了，要是出了什么岔子……"

"荒谬！"

沈安打断了对方的诳语，皱着眉瞥了眼门口。父亲和兄长两人进宫已有两个时辰有余，而这会儿还没有任何消息传来，其实所有人心里都有不好的预感。

"黎大人这话，倒像是盼着家父遇上什么事。"他姿态不卑不亢，嘴上却丝毫不让。

"说笑了，我怎么会有这种心思。"黎非悠悠地喝着茶，笑而不语。

两方人马无声地对峙着，气氛颇为凝重。

我扫视了一圈屋内，隐隐觉得哪里少了些什么。来不及细想，突然听到外边传来急促的脚步声，一个小厮快跑着进屋，也顾不上礼仪，当头就跪倒在地。

"什么事慌慌张张的，不成体统。"沈离拍了下桌子，面有愠色，"没看到大人们都在吗？"

"来……来不及了……"小厮语无伦次，声音哽咽。

"宫里出事了……"

他抬起头来，满面都是泪水。

"老爷他……被圣上拉去填海了……"

今晚一轮红月，府内无人安宁。

传令的这个消息犹如夜空惊雷，所有人都被叫到庭院中央候命。而来回传话的下人又说不明白，直到三更之后，大家才勉强弄清了事情的经过——

　　沈老爷进宫后，按计划将东西呈交上去。皇帝先是往盆里放了支金钗——自然是毫无动静。而后他不知根据哪里听来的传闻，说是将宝盆加热能看见龙脉的地图，便把东西放进了热水之中。谁料想刚放进去没多久，这东西就"咔嚓"一声裂开，刚刚镶嵌上去没多久的宝石悉数散落一地，滚遍了大厅。

　　受了欺瞒的皇帝当即龙颜大怒，捏着宝盆的碎片，冷笑着丢到沈海面前。

　　"自即位以来，敢在朕面前耍这种花招的，你还是第一个，想来也是年事已高，有了隐退之意了。

　　"也罢，朕遂了你的愿。你既叫沈海，不如就替朕去挡一挡水害吧。"

　　此事当真？

　　千真万确。

　　一时间，沈家宅邸全员乱了阵脚，所有人忙不迭地打转，虽也转不出个什么动静来。大家都像无头苍蝇一样没了主意。

　　我看了一眼正厅内的几个男人，沈安已经以最快的速度差了人往宫里去，也给一些与沈家交好的同僚送了信，嘱托就算倾尽家产也要保下父亲一条命。

　　沈离和黎非静静坐在一边，没有说话。

　　我突然有一种异样的感觉，但说不上来是什么。

　　又过了半晌，门外传来马车的声音，下人们一涌而出，是沈昌回来了。大家像被打了强心剂一样振作了三分，然而接下来的场面却令所有人都震惊不已——

方才神采飞扬入宫的男人此刻像完全变了个人，一进屋就支撑不住地瘫倒在地，旁人扶两把都没能扶起来。他扶着桌子大喊"假的，假的"，一会儿哭一会儿笑，还拿头往桌上撞。撞了一会儿后又仿佛见到了什么可怖之物，连滚带爬地后退，吓得连声直叫"别过来"，整个人看上去像是得了失心疯。

"把大少爷带回屋里去。"是沈安在说话。他用身子挡在沈昌面前，等仆人把人抬下去后，才又转回来看着黎非。

"黎大人也看到了，家中事多，也就不便留您了。"

黎非饮完杯中最后一口茶，轻轻将茶盏搁到桌上，他掸掸膝盖站起身，脸上连半点哀痛都没有流露，一把把云袖甩在身后，临走前别有用意地望了一眼沈安。

"机不可失。"

屋里陷入了另一种难堪的沉默。

三日过去了，并无喜讯。

同僚们倾尽全力，还是没能捞回沈海。皇帝心狠，说是为国捐躯，沈氏有功，秘不发丧。最后回来的，只有一块窄窄的牌位。

我才明白过来沈海离开前所说的"大家好生照料自己"这句话是什么意思。

他大概是已经明白自己将有去无回。

沈安已在祠堂跪了整整一日，下人们为他送了一次饭，但他水米不进，且始终闭着眼，不知道在思考什么。

下人们都开始在背后窃窃私语。

"老爷没了……大少爷也疯了……那现在家产是不是要落到二少爷手里？"

"大少爷怎么会疯呢？平日里好好一个人，难道是在宫里受了什么刺激？"

"谁知道呢，这些事不都太巧了吗？"

"难道说……"

我静静地候在门口，心里琢磨着这几日来经历的事。我有一些自己的想法，但还缺少佐证，不敢妄言。

有人迈着小碎步往祠堂里走，直接跪坐在沈安身边与他耳语。辨认了下，是前两日常进出宅邸的太医。我竖起耳朵倾听，但他语速实在太快，只能听见依稀的字句。

"慢性毒药……毒发……"

"痴傻……瘫痪……"

"下在饭菜里……无色无味……"

"终身……"

他们在说谁？我皱起眉来，沈安面无表情地挥挥手叫他退下。而后抬起头，发现我在盯着他。

他招招手，叫我过去。

"你在想什么？"他静静地望着我，眸子依然清澈如水，毫无波澜。

"我在想……"我咽了咽口水，觉得嗓子发干，"是有人设了计。"

这是一盘棋，要借皇帝的手杀了沈海，下手的人一定对沈家了如指掌，否则不能用这样隐秘而周全的手段，巧妙地一箭双雕。

而这个人，就在我们身边。

"沈昌不行了。"他还是面无表情，言语中听不出丁点情绪。

"嗯。"我望着他，也言简意赅。

沈安的身体紧绷着，好一会儿才慢慢放松下来。

他露出一个有些疲惫的笑容，握了握我的手："你去吧，让我一个人待一会儿。"

我的手被他温热的掌心握着，过了一会儿才松开。之后我站起身朝门外走去，头也不回地回到自己的寝室。等确认四周都没有人注意后，我才如释重负地瘫坐在地上。

我的手里，有一个小小的竹制卷筒。

是刚才沈安塞给我的。

剩下的人，日子还是要过的。

我低着头自顾自地洗菜，厨房里的女人凑在一起七嘴八舌地议论着，间或瞥一眼我，语气并不好听。

"听到传闻了吗？老爷给皇帝的那个宝盆是假的，听说给人调包了。"

"天哪，这不是要了老爷的命吗？"

"没准就是故意要老爷去送死呢，反正他也撑不了几年了。"

"听说宝盆也是确有其物，就藏在宅子里……"

"平日里看着温良恭谦的人……谁能想到这么心急？"

我不去看她们炙热的眼神，所有含沙射影都冲着一人，言下之意已经十分明显。我把菜往盆里一丢，擦擦手朝门外走去，然后在寝室安睡到夜深人静，夜半时分才出门。

我一直往前走，直到抵达想要去的地方——祠堂。

我朝祠堂里走去，先对着沈海的牌位拜了拜，而后跷起脚，转动右边的烛台。

祠堂内的小桌慢慢挪开一条缝，最后彻底露出一个方正的洞口，能看见台阶一直延伸到最底下去。

我定了定心神，点了一支蜡烛，沿着台阶往下走。这段路程并不长，台阶的尽头便是一条走道，沿着墙边往前走去，视野豁然开朗，一个宽阔大厅的正中间有一个石台，当中置放着一个盆子样的东西。

我往前凑近，摸了摸这个盆子，突然听到身后传来一阵轻微的响动。我转过身，眼前正是意料之中的人。

"您来了。"我举起蜡烛照亮，对方的影子被拉得很长，在这个寂静的大厅中显得尤为恐怖。

"你知道是我？"

"当然。"其实我心中早有猜测。而此刻终于印证了自己的猜想，"这一切都是您谋划的吧？从散布聚宝盆的传言，到给家人下毒，最后顺水推舟将沈海谋害，干净利落，一气呵成，不可谓不强悍。

"一般人可没有您的魄力和耐心，要不是我将宝物调包的传言散布出去，或许您还没准备现身。"

被拉长的身影没有动弹，只是轻蔑地笑了笑。

"一个小小的厨娘竟敢污蔑主子，你有几个脑袋够砍的？"对方的声音突然变得很凶狠，"沈家祠堂也是你能随便进来的？谁给你的胆子？"

"是我。"

熟悉的身影慢慢从廊柱之后转出身来，平静地望着来人。

"柳娘发现了你的阴谋。我们布下这个局，就是为了引你今晚现身。"

沈安的面容看上去有些疲惫，但声音没有动摇。

"最后将罪名尽数推到我身上本是你最后一步棋，然而你终究失了最后一分耐心。百密一疏，功亏一篑。

"是吗？母亲。"

我绕了几步，把周围的油灯都点上。

二夫人赤红色的长裙被照得如同血一般刺眼。

我们始终都感觉有一双眼睛在暗处盯着一切，如今终于真相大白。

"好一出双簧。"二夫人抱着双手，笑容如鬼魅般可怖，"你们怎么知道是我？"

我握紧了手里的竹筒，自那天起就一直带在身上，从未放下过。

竹筒里面是沈安的笔迹，一篇长信。

近来蹊跷的事很多，而沈昌的突然发病是其中最为引人注目的。沈安在暗中命太医调查之后，得知他中的毒是一种无色无味的西域秘药。这种药熔点极高，在常温下能保持胶状，且毒性并不烈，服用后不会立刻发病，只有日积月累一段日子后才会慢慢显露出症状来。

沈安从怀里掏出一根变了色的银针，针头有黑色痕迹："这种毒，是要通过饮食进入身体，才能发挥效用的。"

"你是说，我在饮食里动了手脚？"

这个女人依然笑着，好像在说一件无关紧要的事。

"别打诳语了。后厨之事向来是我在料理，要真出了什么纰漏，第一个被怀疑的人就是我，我哪有这种天大的胆子？

"且送出门的饭菜最终会落到谁的屋里也不是个定数，要是被我儿子吃了，可不是出大事了吗？"

"毒并不是下在饭菜里的。"我平静地开口，从第一天送饭开始，我就觉得哪里不对劲，现在终于了解了原委。

"是在那根针上。"

我用了读书时所学的控制变量法，在第一天接手了沈昌的寻常饭菜后立刻用太医给的真正的银针试了试，并无下毒迹象。而在经过守卫的圆门之后再试，却令人头皮发麻地看到了银针变黑的场景。

那根所谓试毒的针，才是真正带了毒的针。门口守卫的黑衣人，是索命黑无常。

"大家不会想到试毒的人便是下毒的人，这是一招最为稳妥的棋。想必除了门前的守卫，这栋宅子里，还遍布了不少你的眼线吧。"

我想起那天沈海吃东西时拍开了沈安的手。

他大概早已知道这间宅子里危机四伏，出于什么不得已的理由不能戳破。

但他绝不让自己的孩子也冒这个险。

二夫人缓慢地眨着眼，微笑着示意我们说下去："就这样吗？"

"还有，沈离那天抱着宝盆的时候……"沈安举起自己的手示意了一下，"动了点手脚。"

当时我并没有往心里去，直到听说宝盆在宫里裂开的消息，完整的玉器不应该这么容易折断，这不符合常理。

除非是有裂痕。

我找了个借口去给沈离送茶，他在接过来的时候，露出了左手。

在他用帕子遮着的左手上，戴着一枚戒指，而那戒指上镶着一粒小小的钻石。

正因为朝着掌心，所以寻常时候并没能被大家发觉。而就在那日，他用这钻石沿着宝盆的底划拉了一圈，才导致宝盆遇热破裂，沈海在皇帝面前遭了大难。

"没有金刚钻，不揽瓷活。他这话一早就说明了心机。"

沈安慢慢往前踱了一步，紧紧地盯着她。

"我从很早的时候就在想，你要只是为了让沈离上位，何须这样大动干戈，只把我和沈昌毒害就可，为什么还要绕这么大的圈子，不仅谋害了父亲，还要败坏沈家的名声？

"直到黎非的出现。

"沈离……原本并不姓沈，对吧？"

我脑子"嗡"了一下，险些站不稳。后知后觉地，才意识到那天的违和感在什么地方。

沈昌和沈安都是双眼皮，且目光炯炯，相貌堂堂。而沈离眉眼细长，尖嘴猴腮，全然没有君子正气。

沈离和黎非，长得也太像了。

二夫人晃了一下，冷冷地笑开了。

我突然感到另一种寒意。

76

她和黎非……长得也有点相像……

"你们都只叫我母亲，却不知我真正的姓名。就连他有时都会忘了我的名字。"

她往前跨了一步，堂堂正正地，而后落下泪来："我的名字叫，黎音。"

什……

我惊掉下巴，突然想起沈离一出生便下肢瘫痪的事实来。

黎，离。

"父亲知道吗？"沈安艰难地吐出一口气，就算已经料想到这个事实，真正得知的时候，还是有些令人难以接受。

"他当然知道，不然你以为，离儿常年多病是因为什么。"

我一阵头皮发麻，想起沈离那张淡漠的脸。

离离原上草，一岁一枯荣。

沈海给他起了这个字，大约也有讽刺的意思。而身在曹营，沈离一定也知道自己被像杂草一样被厌弃。

"所以你要谋划我们沈家的家产？"

"呵。"黎音冷笑一声，"我们黎家自上三代起就一直受你们沈家的压迫，今日终得所报。

"我原本只是想让你们身败名裂。我巴不得那老头子早日归西，所以才对外散布了宝物的谣言。

"那浑小子也是个软耳根，我就吹了几句耳旁风，他就以为自己能在皇帝面前建功立业了，殊不知顺手把沈海也搭了上去。"

她举起手看了看纤长的指甲，好像在欣赏一件杀人利器。

"用完当然就没价值了。但也算我心软，留他一条命到现在。只是，我没想到的是，沈家竟然真有这种天方夜谭的宝贝。

"我就知道沈海一定藏着什么秘密，背着我们母子俩要偷偷传给你。"

她从怀里掏出一把火枪，直直地对准沈安。

"小心！"我喊起来，但沈安并没有害怕的样子，只是背着手慢慢让开身子。

黎音一边拿枪指着沈安，一边快步朝大厅中央走来。她贪婪地趴到台子上，观察了一会儿，突然皱眉露出疑惑的神情。

"就这个东西？"

"是，就是这个。"沈安走到我的面前，用身体挡住我，"这就是你要的宝物。"

那是个陶土烘制的盆，普通得几乎不会引人注目，就算丢在宅邸的院子里也会被人当成垃圾埋没。而这会儿却被恭恭敬敬地供在大厅中央，周围甚至点着几盏油灯。

那盆子的底部，倒是千真万确刻着"聚宝盆"三个字。

黎音立马从头上拔下一支金簪，丢进这个盆里。但单手实在扛不起来，她只好暂时将枪放到一边，双手吃力地把盆倒扣过来，之后又立刻举起枪对着我们。

我扒着沈安的胳膊，整个人止不住地发抖。他微微转过身来，把我的手牵在掌心。

他对着我笑："别怕。"

大厅里静得落针可闻。

我们三人都不由自主地屏住了呼吸。约莫过了一分钟，黎音迫不及待地将盆子翻了过来。

只听一阵清脆的响声，金簪掉在了地上。

只有一根。

"这什么！"黎音大叫，"这也是假的！"

她用力挥舞着手臂，把盆往地上推去，物件掉在地上摔成几片。

这果然只是普通的陶盆而已。

失了心智的女人跪坐在地号啕起来，她所有的心血在这一刻都付诸东流了。

"你快走。"沈安小小地推了我一把，但听到声音的黎音即刻又将枪口对准了我。她头发散乱，面目狰狞，真真切切地变成了一个魔鬼。

"谁都别想走！"她颤抖着双手，胳膊摇摇晃晃。我生怕她走火，连忙飞身扑到沈安面前。

反正我又不属于这个时代，要真挂了也正好穿越回去。

嘭——

枪响了。

刚才把我一把扯开，挡在我面前的男人慢慢跪了下去。

他捂着肚子倒在地上。

"沈安！"我大叫一声，过去把他抱在怀里。

素色的长袍逐渐被红色晕染，殷红的血像一朵牡丹放肆地绽放。

"快走啊……"他用带血的手摸着我的脸，"你不能死在这儿……"

"我本来就不是你们这里的人！"我没头没脑地喊了这一句，不知是因为这几日相处下来的情谊，还是因为他长得实在是太像盛山。

我的眼泪决堤一般涌了出来。

"哈哈哈哈哈……"

那个疯女人还在大笑，她突然举起胳膊疯狂朝四周开枪。一时飞沙走石，四处都是东西粉碎的声音。或许是误伤了自己，她无声地倒了下去。

突然，我听到"嘭"的一声，这动静并不小，而后令人惊恐地，这个封闭的大厅内，突然燃起了熊熊烈火。

我刚进来时就觉得空气的味道不一般，当时只以为是尘封已久的霉味，万万没料到这屋子里竟然不止四盏油灯。

火势蔓延很快，转眼就灼烧到了我们身边。

我一边拼命扑打着沈安身上的火星，一边竭力想拖着他往通道走。然而一个成年男人的体重实在超出我的能力范围，我挣扎了一下，反倒绊倒了自己。

得救他出去啊，他可是沈家最后的血脉了。

"这鬼地方究竟怎么回事！"我哭骂着，却被沈安牵住了手。

"这本来就是沈家的武器库，以防不测。"

他举了举手，似乎想擦一擦我的眼泪，但最终还是因为无力而垂了下来。

又是"轰隆"一声，借着浓烟中的火光，我望了一眼通道，有碎石落了下来，大约是堵住了去路。

横竖是离不开这个密室了。我还试图挣扎，但室内空气稀薄，我很快便支持不住身体，歪倒着躺了下来。

沈安很慢很慢地转过来侧躺着，摸索着抓住了我的手。

"父亲常说，多财生事端，有钱未必是好事。

"总有世人觊觎沈家的财富，以为我们有什么见不得人的秘方。

"可祖上的财富，从来都不是靠什么奇迹获来的。

"先祖也是从最底层的买卖做起，甚至还远渡重洋，历经艰险才打下了这份家业。"

他终于还是艰难地抬起了胳膊，用沾血的指尖轻轻抹去了我的眼泪。

"这世上……根本没有聚宝盆这样的东西，有的不过是人的贪心和妄想罢了。"

"你别说话了……"我抽抽搭搭，已经感到意识模糊。

沈安摸索着拉住了我的手："动静这么大，一定会有人听见的，你要坚持住……你本不必为我们这样的人家搭上性命……"

沈安稍稍用力握了握我的手指，但他明显已经体力不支。

"而我还是想谢谢你……

"你记住……

"千金散尽还复来——"

我心碎地看着沈安缓缓地闭上了眼，视野模糊中，我看到有七七八八的身影出现在了这个空间内，耳边还萦绕着沈安最后的声音，但无论如何都没有分辨清楚。

我终于也这么迷迷糊糊地睡了过去……

"喂，喂！醒醒！"

我被猛地摇晃了一下，大叫着坐直身。周旁有同学发出"咦"的声音，转过头来厌恶地盯着我。

我深吸了一口气，还没反应过来，身旁的人递来一张纸巾。

"擦一擦，做什么梦了眼泪鼻涕一大把，难看死了。"

盛山把一张纸拍到我脸上，像擦玻璃一样抹了两把。

"哇——"我的大嗓门刚喊出一半，就被旁边恶狠狠的眼神吓了回去。

"我以为你死了……"

"说谁死了。"盛山皱起眉，但没有厌弃的神情，语气反而温和下来，"你梦见我死了？"

我点点头，又摇摇头。

"我梦见自己穿越到沈家最后的时光里去了。"

"哦。"盛山像是很在意的样子，"然后呢。"

然后……然后……

我望着这张见了千百次的脸，有一些恍如隔世的感觉。

然而，沈安是沈安，盛山是盛山。

"所以，其实根本没有聚宝盆这种好东西，是吗？"

"本来就没有啊，马克思不是说了吗，勤劳致富。"

"马克思说过这话吗？"我有些疑惑，我经济学学得不好，"不知道沈家的血脉究竟有没有流传下来。"

"没准呢。"盛山哼着歌剥了块巧克力，掰下半块塞到我嘴里，"可能有什么朋友帮他们隐姓埋名了吧。"

是吗？那就最好了。

我一想到沈安，心情又低落下去。

希望他们最终都能脱离财富的诅咒，换一个寻常人家的姓名，踏踏实实地过上平安的日子。

"饿死了。"盛山伸了个懒腰，从我面前把那本旧书重新包好放回双肩包里，而后拍了拍我的脑袋，"走，出去吃饭。"

我恍恍惚惚地站起身，结果研究还是没什么进展。

我唉声叹气地跟在盛山后面，却听到他唱歌般地拖长了声调："千金散尽——还复来——

"人间冷暖——伴长安——"

等等……

我猛地上前一把揪住他。

"你刚说什么？"

"没说什么啊，我自己想的对子。"他揉了揉我的头发，竟然笑得有些宠溺。

后半句话……我好像前不久才刚听过。

是在哪里呢？

"研究报告写不出有什么关系，换一个题不就完了。"盛山朝我做了个鬼脸，"小爷我替你一起想，别怕。"

END

当后宫有一位穿越女时，穿越女在后宫可鹤立鸡群；

当后宫妃嫔全是穿越女时，就变成一场BATTLE。

非常规穿越

穿越

UNCONVENTIONAL

文 何故吻秋

非常规穿越

FeiChang Gui Chuan Yue

何故吻秋

一个杂食动物。

太后是个宫斗赢家。

先皇的后宫只有太后一人，太后只有当今圣上一个儿子。圣上还是太子的时候，就被他母后送到民间观察生活，毕竟老话说得好："治政之要在于安民，安民之道在于察其疾苦。"体察民情，是一个帝王的必备技能。

能有这等觉悟，主要是太后穿越前参加过"三支一扶"。

但万万没想到太子爱上了做老百姓的日子，等他当了皇帝，发现柔柔顺顺的妃嫔美人不如卖馄饨的蔡大娘，莺莺燕燕的婉转小曲还不如那一声"磨剪子咧戗菜刀"，他就想跑路，到民间去过潇洒生活。

鬼才要去当这辛苦皇帝。

可以爱找谁找谁吗？不可以。

能想跑路就跑路吗？不行。

于是皇上虽然无心皇位，也只好回来打理朝政，但是却三天两头往宫外跑，说什么微服出巡。太后只好把帘子放下，自己坐上朝堂。

既然儿子不想当皇帝，那就培养孙子，自己做太皇太后嘛。太后在这里混到了老了，自己当年拼死拼活要"一生一世一双人"，现在却对一后四妃七嫔九美人的后宫没什么愧疚感，就想着抱孙子。没想到皇上常常往外跑，现在宫里只出了个公主。但是公主没有继承权，不作数，必须要个小皇子。

皇子，没有的。

办法，要想的。

当太后在看见新秀女丽丽的刹那，她突然想起自己当年特别喜欢看的一本小说《特工皇后丽丽传》，在刚穿越之初，她总是拿丽丽来勉励自己：稳住！稳住！

太后有点后悔，太后有点惆怅，因为太后她在终于发现，自己的穿越是穿书，而且穿早了，成了男主他妈。

她哭了，因为她穿得早，导致这剧情彻底崩了。

她后来发现，自己还是哭早了——

这世界已经被穿成了筛子。

当后宫有一位穿越女时，穿越女在后宫可鹤立鸡群；当后宫妃嫔全是穿越女时，就变成一场 BATTLE（战斗）。

开局你背李白我背杜甫，你来豪放我就来婉约。当今圣上的后宫才女扎堆，她们整箱整箱地背诗画画，但都抵不上皇上一句："你干吗

呢？你还不如我妈呢！"

虽然皇帝和太后目前关系紧张，但皇帝还是客观的，他妈着实厉害。

这些文章，都是他妈"写"出来的，你们这些人，就是复述！

是了，太后就是那个鹤立鸡群的穿越女。

"哀家现在就是后悔呀——"太后拉长了音，坐在位置上拿手帕揩眼角做悲痛状。太后悔的是当年背书背得太绝，一点渣都没给后来的妃子留下。

本应成为丽嫔的特工丽丽，因为选秀时背了太后早年所作的诗文，被敷衍着封了答应。

说好的一鸣惊人没了！现在只好窝在最末座当小媳妇。

太后可怜丽丽，却断然不肯承认是自己把书中描写的"他杀伐果决，一身煞气，眸中是浩瀚宇宙，他人望不见底"的男主角，养成现在这个一身傻气、能让人一眼看透、整天想着种地的傻儿子的。

都是时辰的错！

皇上今天又跑了，太后无法，只好召集后宫妃嫔集思广益。

"唉，主要是皇上也不爱听人背诗看人画画！"皇后安慰道。

"是啊！太后娘娘莫哭，众人拾柴火焰高。现在后宫目标高度统一，不如先把皇上吸引住，留在宫里，再作打算？"

"哦？贤妃何有打算？"皇后慢悠悠喝了口茶。

"皇上不是喜欢民间吗？那咱们就效仿民间，在宫里搞个商业街，让皇上乐不思蜀！宫里要啥有啥，难道还会比民间差？皇上就是喜欢个热闹，我们就热闹起来给他看看！"

太后"三支一扶"结束后做了HR，闻言大喜："好啊，还是贤妃有想法。先把公司福利搞上去。只要吃喝拉撒全部都能在一个地方搞定，还怕压榨不了劳动力吗？"

舒常在以前读的历史，这时候出来道："之前也不是没有过，你看那汉灵帝，也弄了条商业街的呀。"

好在这是个架空年代，汉灵帝是这些穿越女们穿越前的世界历史。舒常在点到即止，只拿前半句当支持贤妃的论据，绝口不提这昏君在位没几年就被人咔嚓了。

妃子们穿来的日子各不相同：21世纪初过来的还想着在后宫被专宠与男主一生一世一双人；后边来的开始想着发明物品改变世界；想宫斗的看皇帝无心宠幸后宫，其他妃子也佛里佛气的，根本斗不起来，久而久之也放弃了。各宫懒于争斗，日日无聊，现在有个新乐子能一起玩，各宫妃嫔当然是拍手称好。

太后觉得这是个好法子，至于特工丽丽……太后对毁她姻缘还是有丝丝愧疚：既然是女主角那肯定就是天命之人——实在不行自己帮上一把就成了。

于是，后宫商业街红红火火的开张了。

皇帝回宫的第一天，是被门外震天响的"磨剪子咧——戗菜刀哟——"吵醒的。

太后知道皇上喜欢民间的生活气息，但是总不能宫门大开任平民出入，于是她想了个歪办法，找宫内太监学吆喝，在皇帝宫外喊。

但是太监声音尖细，吆喝出来不好听，太后想着质量不够数量来凑，便找了十几个壮年太监在宫外吆喝，代替了平日的叫早。看皇上醒了一路跟着，你喊我应的："小枣——切糕！唉！五香——瓜子儿！啊！活鲜——鲤鱼！"

皇上毕竟是有个穿越女母后的皇上，也不兴"拖下去拉上来"那套，被烦死了也只挥手喊"闭嘴"！

皇上散朝后揉着眼睛进了御花园，就看见御花园里搭起了几个小棚子，阵阵异香飘来。

走进一看，是贤妃在烤生蚝。几个巴掌大的生蚝兜着一汪水在火上烤，贤妃正在一边炒蒜蓉，她穿越前卖过烧烤，是个行家。

他又听见那边传来菜刀剁垫板的声音，转身一瞧，原来是宁嫔在切菜。宁嫔穿越前是个川菜厨师，今天本想现场做菜，没想到贤妃居然卖烧烤。烧烤的香味具有侵略性，川菜打不过，要是真打过了，贤妃毕竟位份在自己之上，叫自己撤自己还是吃亏，于是只好默默切菜练习基本功。

皇上端着个烤生蚝看热闹，只见宁嫔推出个码好的青瓜塔，报幕："这回切青瓜丝。"说完右手不移动只做切菜动作，左手推着青瓜塔匀速前进，切出一盆细细的青瓜丝。

一旁宫女举了个牌子——"今日菜式：凉拌青瓜，麻婆豆腐，辣子鸡丁，水煮牛肉，御膳房特供开水白菜。就餐请移步福昌宫。"福昌宫正是宁嫔住的宫殿。

"嗯，这青瓜新鲜。今天就到福昌宫去吧。"皇上尝了口生青瓜，满意，"贤妃烤好的生蚝带走吃。"

至于丽答应那儿，有太后照拂，本该最占便宜。因皇上喜欢宫外玩物，太后便命几个采买宫女带了不少宫外的新奇玩意进来摆摊，助她开精品店，还不许其他嫔妃眼红抢生意。没想到皇上只问问购入价格便走，走就走了，还要说一句："哎呀你这价格得是西市买的吧！北市买能便宜一半呢！"

丽答应气得攥紧拳头，从此每次摆摊就是那几件东西，非常敷衍。

太后又赶紧换个法子捧她，生怕断了红线。

04

舒常在原来也想走宫外买宫内卖的路子，可惜太后不让她挡丽答应的光。现在有了丽答应的前车之鉴，舒常在也不敢再动这心思。于是冥思苦想，终于在某天一拍大腿："本宫历史也不是白读的，那么多方子，搞个手工艺坊出来还难吗！"

舒常在说干就干，在自己殿里架上几个大染缸，又托自己驻扎边塞的哥哥每月送些皮料过来，打出招牌"手制""古早味"。

但店刚开没三天，就被宁嫔告到太后跟皇后面前，说舒常在嫉妒自己生意好，要谋害自己性命。

原来舒常在让哥哥在塞外制皮料，用的是波斯古方。这种方法做出来的皮料虽然柔软且有极其明艳的颜色，但用的是石灰水和鸽子粪，一股酸腐气味经久不散。舒常在的哥哥也觉得皮具实在臭不可闻，于是送来时包得严严实实，又往包裹周边塞上各种香料，掩盖住了味道。

91

但是本来就臭的皮具又整日捂着，终于在拆包裹那天成功臭晕了正在花园散步的宁嫔。是的，舒常在也住在福昌宫，归宁嫔管。宁嫔醒来要求舒常在立刻处理掉皮料，没想到舒常在仗着哥哥是西北大将军，不肯。

"舒常在，这就是你的不对了。"太后听完宁嫔哭诉，皱了皱眉，"开店也有个先来后到，你这店让宁嫔还怎么生活。况且你这皮具染料坊这么臭，皇上也不一定喜欢。"

"可臣妾实在想不到还能做啥。"

"不如本宫做个证，把你这店移到储秀宫去开。本宫看这个方子虽然臭，但做出来的皮料还是好的，就让储秀宫那边分三成股给你，你只拿钱，还不用管事。皇上有兴趣看的时候就派人过来喊你，你看如何？"皇后是上个月发高烧时穿来的，穿越前是个男人，和皇帝没什么也不准备有什么感情，且前身已经生了个公主，目前地位稳定，办事公正，后宫妃嫔都乐意听她的。

"至于做什么……你不如把花园清理清理，开几块地做农田，和宁嫔合作开川味农家乐算了。"太后补充，"反正皇上最稀罕种地。"

舒常在觉得这确实是个好办法，但储秀宫主位是淑妃，把这皮革坊移过去，淑妃就乐意吗？

皇后看出了舒常在的疑问，说道："你就放心吧，淑妃那边也不介意再臭一些。"

原来淑妃觉得皇帝要的是新奇好玩，干脆在宫里开了个动物园。可是宫里虽然什么都不缺，也不是什么都一定能有。杀伤力大的动物是不可能养的，海洋生物也没有条件，只好养些淡水生物和禽类还有宠物。

于是兔子、猫、狗、鸡鸭鹅等齐聚一宫，到处排便。早期淑妃还会派人清理，到后来淑妃已经放弃抵抗，任由队伍壮大，还划了一片地开起养鸡场，给御膳房当禽类供应商。

淑妃比所有后宫女人都先明白："什么都是假的，只有自己袋子里的钱是真的。臭一点就臭一点吧。"

太后听了各宫财报后评价：淑妃果然是一个有前瞻性的人物。

其他妃子明白这个道理，已经是商业计划开始三月后。后宫妃子每月的份例都是有限的，吃穿用度都要从份例里扣，嫔妃们做的这些店铺看起来红红火火，实际上入账为零。

除了开养鸡场的淑妃和吃着淑妃那三成股的舒常在，其他人都遭遇了经济危机，要向娘家要钱。

宁嫔第二个反应过来，与淑妃舒常在合作，实现材料费用的降低。她打开了妃嫔市场，以低于御膳房份例三成的价格报价，并开启送菜到宫业务，很快挣得盆满钵满，贤妃紧跟其后。

不过贤妃还是从良妃那学的，良妃母族势微家庭贫困，对争宠没有什么兴趣，但她知道对其他妃嫔来说皇上的宠爱是尤为重要。于是她瞄准这一市场，大搞封建迷信活动，在御花园鱼池隔出一小块养了些乌龟，在池子前压了张红纸，又往池子里扔了些铜钱，很快就有了收益。

良妃拿着这些收益，垫上自己一些份例积蓄，跟贤妃合作，在贤妃的"淡水海洋馆"里也弄了一个许愿池，还在这池子里修了个大张嘴的鲤鱼，往外传：铜板能扔到鱼嘴里证明愿望一定能实现！又大挣一笔，但宫内人数毕竟有限，池子修多了也会饱和，良妃后期收益一般般。

德妃有了前车之鉴，终于决定做点什么。她穿越前学过点行政管理，知道有一套规矩有多重要。于是找太后领头，成立"版权司"，要搞专利，一宫一营，防止恶意竞争和企划抄袭。

"太后您想，要保证商业繁荣，就要杜绝同质化。不然打击妃嫔们的营业兴趣，哪天皇上逛街发现大家大同小异，有什么意思嘛！"

贤妃第二个赞成，她开的小吃店没有什么技术含量，极其容易被复制，帮腔道："是啊，娘娘您看，之前我们之间有纠纷也是找您裁夺，依臣妾看，不如以后开店都在皇后娘娘这登记在册，以免重复。我们之间再有纠纷，也由娘娘定夺，我们各宫按每月营业额的一成交管理费，怎么样？"

前面我们说过，皇后穿越之前是个男人，对吸引皇上没有任何兴趣，打理后宫琐事本来也是"皇后"这一职业的职责所在，现在又能创收，何乐而不为呢？于是她便答应下来。

后宫版权局正式成立。

剪彩那天，太后出席，看着彩带飘落时妃嫔们充满干劲的眼神，内心觉得有点儿微妙——这剧情好像比原来更偏了……

说好的特工丽丽与皇帝一见钟情、相爱相杀、虐恋情深、破镜重圆呢？

05

德妃现在已明白在这后宫之中赚皇上的兴趣不重要，重要的是挣

94

女人的钱。德妃穿越前是个美容师，有专业手法傍身，还怕挣不到钱吗？于是她命木匠打造了五张躺椅，跟储秀宫手工坊订了软皮床垫、真丝床垫各五套，又跟宁嫔签了供货合约，让宁嫔在宫里专门开辟一块地种花果作为她护肤品的原材料。

在古代自然做不出什么高科技产品，但德妃毕竟是美容师，考过证书，用花瓣蒸纯露和榨植物油对她来说并不难。产品简单，要吸引顾客就得靠按摩手法了。

德妃选了几个手掌又肥又大的宫女太监，教他们护肤手法：脸部、手脚与全身，都教好了，甚至还教了洗头。

筹备一月，德妃的美容院开了张，顾客不仅面向后宫妃嫔，宫女奴才们只要愿意付钱，也是可以享受按摩和洗头服务的。

德妃这个决定当然是深思熟虑，后宫妃嫔再多，也就那么几个。来的时候带几个宫女，说不定就偷偷学走了手法，自己在宫里让人按摩。所以德妃才要开发护肤品线，还要培训多几个宫女太监，把价格订的低些，扩大客户群。

她的猜测果然没错，妃嫔们来了几回后，便学走手法，回宫自己天天按。反而是洗头这服务在宫女太监们之中风行。

没条件洗头的宫女太监们平时不怎么洗头，全靠一把篦子。这是一种梳齿极细密的梳子，他们三天散一次头发，头发散下来后用这篦子先干梳两遍，把虱子跟结块的油脂梳下来，再湿着梳一遍，梳掉些油脂，再用新的发油把头发胶回去，等实在不行的时候，再洗头。

这时候再洗头，可以预见是一个多大的工程。

德妃有方子，洗发手法很先进，皂角煮了水擦一遍头，再用手工皂打泡把头皮和头发洗一遍，最后再冲一勺薄荷水，加上娴熟的洗发手法，让人又凉快又舒坦，所以回头客特别多。

德妃此举，反倒促进各宫将眼光放向未被开发的宫女太监群体，于是个个效仿。

在太后的指点下，丽答应凭借自己穿越前做特工的医药经验，也开了个汉方馆，卖些泡脚包和冲泡饮品。

太后来逛了一圈，觉得后宫欣欣向荣。她去德妃那洗了头做了SPA，去丽答应那泡了脚，快快乐乐享受一番，暂时忘却垂帘听政的压力，夸妃嫔们真有头脑。

妃嫔们得此夸奖，更加热火朝天，也没人关心皇上去哪儿了，忙着互相打劫腰包。

06

如此一段时间，又有了新的问题，市场发展再一次遇见瓶颈。

后宫妃嫔人数有限，宫女太监收入有限，发展到了这时候，再也压榨不出半点利润。

好在还有皇后这样一个力挽狂澜的存在，她先宣召各命妇入宫，又放开宫女太监的权益，规定他们在各宫为妃嫔打理店铺属于兼职，能有工资。这样命妇们入宫消费，妃子们挣了钱又给太监宫女发工资，太监宫女口袋里有了钱又会再次消费，形成良性循环。

命妇们入宫以后，发现宫里人比宫外会玩多了，又有太后皇后支持，更是频繁入宫，宫内宫外的界限一下子模糊许多。这些命妇又把宫内玩的那套带出宫外，上行下效，各种店铺护肤品越传越远，宫妃们悄悄入股，很快挣得盆满钵满。

于是宫里富了，精彩了。皇上在宫外得了消息，忙不迭回宫里看热闹，原来还有前呼后拥莺莺燕燕带领游玩，现在宫女太监们有了新活，宫妃们忙着挣钱，皇上只能带着自己宫里的太监到处逛逛，没人在意他，他反倒更觉得开心自在。

前朝有太后垂帘听政，后宫有商业街如火如荼，皇上美滋滋的，整天看丽贵人写的小说——丽答应再次得太后指点，将自己原来当特工的经历写成小说。因为小说写得爽更新又快，被皇上看中，给了封号加升贵人。丽贵人什么都写，后来也尝试过给皇上看叫"脆皮鸭"的文种，让皇上打开新大门，从此看将军和丞相的眼神都不一样了！不过这是后话了。

宫里富了，带动着命妇们也富了，命妇们把东西带到宫外，民间也循着一层一层富了下去。皇后"版权局"那套也被效仿，模仿得有板有眼的。

此时因大家不再将目光拘在皇帝一人身上，良妃的求宠许愿池生意大不如前。于是她只好开展第二产业，定制出骰子和纸质桥牌扑克牌，培养荷官，钻空子开赌场！

太后听了，怒斥："好你个良妃！你良字忘到哪里去了？竟然在宫里头开赌场！给本宫关了！"

良妃毕竟也是现代社会人士，知道赌场危害，自认理亏。她只好经营斗地主和麻将，且不设庄，只是提供茶水瓜子和场地，收点租金。但是斗地主和麻将哪里不能打呢？宫妃们打了两天就另找地方玩乐，良妃连成本都没挣回来。

于是她恶向胆边生，决定在宫里搞个前所未有的行业——爱豆酒吧。

宫里当然不缺酒，良妃把酒按类别取了新名字，比如白酒叫白金骑士，还发明白酒塔，用的小白酒杯。又在宫里选了十几个帅气小太监和漂亮宫女，让这些宫女太监推销酒，价格自己定，每个月能上交一定的钱就行。

珑嫔也被良妃拉拢过来，珑嫔穿越前是个音乐老师，舞蹈也会一些。珑嫔负责教这些人唱歌跳舞，包装成美少男美少女推出，在良妃宫里登台表演。其余宫女妃嫔可来观看表演，听安利买酒，买得越多表演者分到的钱越多，每月业绩最高者表演站 C 位。

丽贵人也跑来凑热闹，将自己的作品改成剧本，在宫里表演。

太后原来想着过来砸店，没想到被忽悠喊了三个白酒塔。

后来皇上也来了，给丽贵人的小说改编剧捧场。皇上来了都没说什么，良妃也算拿到营业执照，于是爱豆酒吧就这么风风火火地发展起来。

全国上下被这一带动，产业形势一片大好。

07

后宫这玩法，在全国打响了知名度，那些朝中大臣原本想参上几本，不想回家一问，自己的夫人女儿也有份参与！他们又看太后垂帘听政，后宫带动经济，国民生活水平切实提高，便也不再出声。

皇帝即位第五年，西北大旱，颗粒无收。后宫妃嫔带头捐献粮食四百车，送粮食的车队越走越长，沿途不断有命妇或女商人添钱加米。

到了西北，灾民不必喝稀粥，甚至可以吃上实心大碗饭。后宫贤德之名远扬，威望大涨，连带着女性地位水涨船高，各地各家族开始出现女性继承人。

后宫各妃各自发挥长处，尤其特工丽丽，在这几年间因为懂得医学、物理学、机械原理、易容术等等知识，从丽贵人升到丽妃了。

皇上乐得能大胆玩乐，继续沉迷种地，还到良妃那儿客串了演员，当小鲜肉哄人买塔，不想正遇上来消费的太后。

太后看儿子这潇洒，自己却垂帘听政日日事多，终于暴怒："生你本宫不如生块叉烧，叉烧闻着还香，还能吃！"

皇帝："朕本来就不想当皇帝！朕还不如当叉烧！"

太后一听，连"本宫"都不用了："你爱当不当！老娘还怕你了？朕朕朕，你也配说'朕'！"回身召开后宫大会。

此时各宫后妃钱包鼓鼓，又是穿越人士，讨论来讨论去，越讲越激动。

"皇上来后宫反正也是看剧喊塔跑龙套，有他没他一个样！"良妃嗑瓜子。

皇后连"臣妾"两字都不用了，她本是男儿身，这种性别带来的落差她最有体会，说："皇上这么瞎玩还是皇上，我们搞的经济建设带动全国上下创收，前朝老古董还想参我们一本！什么道理！就因为我是女的？"

"可不！要不是皇后机智拖命妇下水！我们现在指不定在哪里呢！"贤妃帮腔。

"啊！"太后恍然大悟，这才发现世道变了，和以前不一样了，"哀家，不，我之前是多么愚昧啊。明明是穿越来的现代女性却忙于后宫争斗，剽窃古代名家诗词争宠！靠生儿子上位，想处理政事也要遮遮掩掩被人指指点点！我还想抱着孙子名正言顺垂帘听政，我真是被腐化了，现在有了众姐妹的启发，我才明白过来！这是什么道理？"

"太后也是被形势所迫，被环境同化，现在我们都在这里，宫里宫外形势一片大好，我们还怕什么？不如趁机搞他一票，穿越一趟不做一番大作为岂不白来了！"丽妃平日里颇受照拂，唯太后马首是瞻，振臂一呼，"敢教日月换新天！"

"好！"后宫众人皆举手呼应。

第二天，太后撤帘上朝，设长公主为皇太女，允许后宫参政议政。

皇帝胸无大志，顺坡下驴，发了道圣旨："本朝有此成就，后宫功不可没。太后管理政务朕尤为放心，汝等不必阻拦。皇太女不应为特例，往后不论男女，德才兼备得民心者，即可继位。"

发完也不管后续反应，坐着马车"嘚嘚嘚"出了皇城，带着后妃那些奇思妙想，到西北种地去了。后来在十五年间成功将西北粮食产量翻了两番。

有了这些成果，后宫的妃子们持续发力，将穿越前的世界的不少新奇物品复制于现世。虽然许多想法言论颇为离经叛道，但正是这样的离经叛道，将本国的版图扩大到了前所未有的程度。

史称"穿越女之治"。

当然，在太后的要求和皇后的支持之下，后宫所有妃子都统一了待遇。大家都是穿越来的姐妹，当然要有福同享！

特工、皇后、丽丽，三个要素都集齐了，自己也算保留了最主线的剧情，也算对得起自己最爱的小说了。

　　太后高兴地想。

END

今天我

文 野有蔓草

人设崩了吗？

在我闭上眼的最后一刻，
总算看到了不远处的火光和徐白意焦灼的面容。

今天我人设
崩了吗？

文　野有蔓草

杂食读者，甜文作者。想法百变，爱好创作幻想类小甜饼，努力摆脱拖延症中。微博@野也有蔓草。

01

"你喜欢我？"

这是我第八次听到这句话。

眼前的人接过我手里的情书，在此之前，我已经送花送水送奶茶，总之是有求必应。奈何对方铁石心肠，丝毫不为所动。

在他开口拒绝之前，我毫不犹豫地抢过了他手中的情书，撕碎丢了出去。

"我不是，我没有，你可别瞎说啊。"我否定三连，对方却一点都不信。

也是，突然否定自己的感情，怎么看都是口是心非。可是天地良心，我这都是真心话。就连我自己也难以相信，我居然穿越到了自己的同人文里。更让我难以接受的是，在这篇文里，我的对象是我的死对头，徐白意。

02

我叫钟小朵，是个十八线演员。

别不信，真的有人写我们十八线演员的同人文。也不知道我什么时候得罪了徐白意，马上到手的几个资源都被他莫名其妙地抢走，一来二去我们也就成了死对头。

成了演员之后，我继续走"绿茶"戏路，可都不温不火。慢慢地，我也不由得开始怀念爆红那阵子活在热搜上的自己了。当然，主要是怀念那时候进账的钱。

于是茶余饭后，我逐渐养成了看同人文的习惯。每逢有男明星大火，我总能找到和我俩有关的同人作品。

人类的本质就是喜欢搞事情，要不为什么好多人天天催别人结婚呢。而当其中一方就是我自己时，那真是太好玩了。

但再怎么好玩，我也没想到自己居然穿越到自己的同人文里。

我看到那篇文的时候就觉得有点不对劲，我和徐白意不对付这事儿网友们都知道，再加上我们都是没什么粉丝的小演员，以我俩为主角的同人文这还是第一篇。

在这篇文里，我照旧还是个"绿茶"形象，徐白意是个倒霉的音乐老师。我为了追徐白意去学了小提琴，结果整日闯祸，惹得他天天收拾烂摊子。每次他刚想生气，我就开始装"绿茶"扮可怜，然后徐白意就会心软，放我走。

说实话，有人罩着自己的感觉真的很爽，所以我追了下去。

就在作者连载到徐白意替我收拾掉了找上门的流氓，我正给他递情书表白时，我就穿过来了。我还没反应过来自己到了什么地方，对方就看完了情书，语重心长地冲我说教了一番。

我满脑子都是穿进同人文里的震惊，哪里有空管他说了什么，打算离开后就再也不去见他。可几天后，还没等我适应新的生活，一眨眼的工夫，我又回到了刚来的那个瞬间。

这回，我没有任他说教，直接落荒而逃。

可没承想，刚安稳了半个月，某天我一眨眼又回到了刚来的时候。

我怒了。别人穿书都是拿着金手指一往无前，怎么我穿进来就只能反复读档！不管我怎么挣扎都只能回到表白的那个瞬间，更别提回到我的现实生活了。

这次，我撕碎了自己的情书，有气无力地翻了几个白眼。

也不管对方能不能听懂，我开始吐槽："拜托，现在剧情太俗套了好吗？我们来点更刺激的不行吗？比如我所有的殷勤行为都是你引诱下的举动，你勾引我、暗恋我、尾随我，这种情节不好吗？！现在俗套故事是没有市场的，搞点甜文调剂调剂心情不好吗？！观众都在讨厌悲剧，马上给我改成双向暗恋！"

我有气无力地躺在了沙发上，一边思考如何摆脱这种循环回到现实，一边等待着不知何时会到来的读档，丝毫没注意到一旁的徐白意僵在了那里。

徐白意沉默了半天，一动不动，就在我以为他被巨大的信息量搞蒙了的时候，他突然开口。

"给太太递笔！我有一个朋友得了绝症，临死前想看，搞快点！"

03

实际上，说这话的不是徐白意，是这篇文的作者。

当然，在一篇文章里，所有人物说的话都是出自作者之手。但我现在面临的显然不是这种状况，此时此刻，书中的我正在与现实中的作者对话。

我们聊了半天，她……也许是他，总算接受了我穿越的事实。

"所以你真的在书里？可是，我没听说现实中的钟小朵失踪啊。"

我报出了经纪人的电话号码，让对方去确认。不多会儿，一直呈静止状态的徐白意又张开了嘴："打通了！不过，他并没有告诉我你现在的情况。"

我头有些痛……如果纸片人真的可以头痛的话。

"所以不是灵异事件哦。"这话听起来怎么还有一丝遗憾，我在心里吐槽了一句，听对方继续说。

"吓死我了，我每天晚上写好最新章，第二天一看剧情全变了，只能删了重新写。可只要视线不集中在屏幕上，写好的章节就又会变成我从来没有写过的故事，搞得我断更好几天了。"在作者控制下的徐白意有些僵硬，脸上挤出一个哭泣的表情。

看来这位的确挺执着，连遇到灵异事件都还不肯弃坑。我回想起之前不管自己怎么努力，总会莫名其妙回到最初起点的事情，合着都是作者惹的祸。

"我还以为我的 Word 是一个成熟的软件，已经学会自己写文了。"

"不，就算灵异事件发生，这个也是不可能的！"我斩钉截铁地说。

"所以，不管我写什么，你在书里都看得到对吧？"对方突然又起了兴致。

这时候，我突然不受控制地抬起头，清楚看见清朗的天空上突然出现了两个太阳。我低下头眨了眨眼，觉得是自己眼花了，再抬起头，已经没有任何异常了。

我心里突然有了几分猜测："你写了什么？"

"我写的是'钟小朵抬起头，看了一眼天上的两个太阳'，紧接着屏幕上又浮现了一行字，'她想，我一定是眼花了'。"

我们两个都沉默了许久，现在看来，我们似乎成了这篇文章共同的作者，所以现在我们要怎样做才能让我回到现实生活中呢。

"我想到了！"我猛地一拍大腿。

徐白意的脸上浮出一个疑惑的表情。

"快快快！先给我银行卡里打一亿，再给我点奶茶蛋糕汉堡可乐！我终于要过上一夜暴富和狂吃不胖的生活了，哈哈哈哈哈！"

04

酒足饭饱之后，我打了个饱嗝，等待着有可能出现的变化。

既然是同人文，连载结束后自然一切都会结束。于是我们决定迅速结尾，听到我告白后的徐白意受到刺激，一出门就遭遇不测英年早逝。主角都死了，总不能还有什么故事吧。

"你还在吗？"花坛边上的一只猫舔了舔爪子，开始说人话。在徐白意死后，作者只能借其他动物之口说话了。

"只保存文档好像没有用？你发布到平台上试试。"我心里也没底。

没过一会儿，小猫又问了一句："你还在吗？"

"发布好了？"

"对。我发出去之后，没一会儿就有了四五个评论，不是问号就是在骂我。"作者的语气有些委屈巴巴，"还有个人说要把我的故事投稿到微博上的'雷文吐槽中心'。"

我有些恍惚："想不到，你这文还真有人看。"

吐槽归吐槽，我们还是删掉了那个神转折的结尾。

这次，我们老老实实地写了个结局。我接受了徐白意的说教，把自己的爱意保存在心底，两个人就此别过，再也不见。

这次的问号比上次少了些，但被困在文中的我的处境却毫无变化。

听着读者们骂作者骗人，明明标着好结局最后却写了个坏结局，我心里多少也有了一些愧疚。

"不好意思，如果可以出去的话，我会给你一些补偿的……虽然可能不太多。"

真的还会回到现实世界吗？我心里也没有什么把握，明明尝试了许多方法，可对现状还是毫无影响，也许……真要在这里待一辈子了吧。不过说起来，在书里当一个要多少钱有多少钱的首富也不错，我苦笑了起来。

似乎感受到了我的失落，作者打断了我的话："这次，我们补充一个好结尾吧，你们多年后再次相遇，然后你们就在一起了。"

降低了期待之后，失望也少了许多。

我让作者给我安排了一个银行的小金库，我一边躺在钱堆里一边吃着烧烤。在同人文里已经一两周了，也许还要待更久的时间，我可能也要开始学会习惯这种生活了。

作者还在念这次的文章评价，看文的读者们很容易满足，只要不是坏结局一切都好说，所以这次的负面评价只剩下一条。

"作者改了这么多遍，我家小朵还是脱离了原主形象。"

还是我自己的粉丝，我非常感动，听作者继续念："小朵的人设是厚脸皮的小"绿茶"，厚脸皮就要倒追不舍，"绿茶"就要把男主勾得神魂颠倒。不管怎样，她都绝对不会选择这个结局，差评！"

不，我会选择这个结局，你信我。

小作者和我冷静了几天，打算再试一次。如果不行的话，再去找其他的方法，毕竟全文完结后我就能离开只不过是我们的猜想。

这次我们打算按照原有的大纲来，小作者开头标注的人设标签是"绿茶"女生和温柔男生。我作为"绿茶"，就算被暗恋对象拒绝了，被赶出了音乐教室，也还是一如既往地热烈追逐着对方。

这次，我任由自己做出矫作的行为，也看着徐白意一次又一次心软原谅自己，直到他直视内心，承认那份心软都是深切的爱意。

"小朵，我只对你心软。"

这是全文的最后一句话，也是我听到的最后一句话。

还挺矫情的，我想。

那个瞬间，天旋地转。我知道，我回来了。

05

睁开眼后，我和徐白意面面相觑。

没错，我眼前的依然是徐白意。

"我怎么还在这里！"

我这是从一个同人文穿进了另一个同人文里？

我有点崩溃，忍不住骂出了声。站起来后，我才发现周围围绕着一群举着录像机的节目组人员，自己似乎是在参加什么节目。

看来，这是一篇写娱乐圈的文章。

"我不录了。"我没兴趣再在这里演戏，当即转身离开，连赶上来的经纪人都被我挡在了化妆间外。

我在化妆间里找到了自己的手机，打开微博。不出所料，"钟小朵直播耍大牌罢演"这条热搜没一会儿就爬上了热搜榜第三名。

果然没回到现实，我什么时候有了这么大的流量，居然能上热搜？再看向热搜前面，"钟小朵整容"和"钟小朵减肥"两个词条赫然位于前两位。

我顿时怒上心头来，现实世界里天天对这群营销号卑躬屈膝，穿越之后我还怕什么。我戳开词条，一个接一个地回复。

没整，想整你也整不出来我的美貌，知道你羡慕我天生丽质了。

什么耍大牌，我愿意付违约金你们管得着吗？

不减肥还能为自己的丑找个借口，瘦下来之后你还有什么好说的。

就在我啪啪不停打字的时候，被我反锁住的化妆间大门咔嚓一声被打开了，我的经纪人黄杰拿着备用钥匙一脸阴沉地走了进来。

我放下手机，突然觉得有点不对，忽地一下又拿了起来。桌面壁纸是我从来没给别人发过的自拍，银行卡里的数字依旧熟悉。最后我颤抖着打开软件，找到了自己之前穿进去的那篇同人文。

回来了！

我兴奋地看向黄杰，却被对方冰冷的眼神刺激了一下。

"在家等合同吧。"

我回想了一下今天的所作所为，彻底冷静下来——我都做了什么啊！

得了，全完了。

我彻底断网了三天，盘算了七八十遍后得出了结论，自己得洗三十五年四个月零二十四天的盘子才能还上合同的违约金。

黄杰的敲门声跟丧钟一样，我垂头丧气地打开了门。

"签了吧。"

面如死灰的我看着面前的一沓合同，颤抖着双手翻到最后看了一眼最后的数字。

不是六位数就是七位数。

我颤巍巍地开口："那个，价钱可以低点不。"

黄杰难以置信地看了我一眼，就像是第一天认识我："你确定？"

我忙不迭地点了点头。

黄杰白了我一眼就要拿回合同："第一次见还有嫌自己工资太高的。"

等会儿？你说什么？

虽然难以置信，但是在那天怒批营销号之后，我火了。

我的人设从娱乐圈金花变成了耿直大姐后，我的微博下面突然跑进来一群夸我的吃瓜群众，偶尔出现几个骂我的人也被群起而攻之。

了解了情况之后，我悟了。天下苦营销号久矣，原来我就是那揭竿而起的陈胜吴广啊！

我美滋滋看着手里的通稿邀约，突然产生了一种近似于上北大还是上清华的幸福纠结感。

等会儿，通告里似乎混进来什么奇怪的东西。

我抽出一份通告："这个综艺导演点名要我跟徐白意合作？"

"不是你自己求合作的吗？"黄杰又白了我一眼，"不过徐白意那边居然也主动联系了我，才有了这个合作综艺。"

我这才意识到，在我穿进同人文的时候，书中的那个钟小朵也穿到了我的现实生活中，顶替我过了这段时间。

书中的那个我没有上帝视角，莫名其妙地穿到这里后，她下意识地去找自己认识的人也是理所当然。

我觉得有些不妙，开始翻自己的微博和通信软件的消息记录。书里的她意识到徐白意的存在后，为了接近对方，干脆直接在微博上找对方求合作，难怪自己会和徐白意出现在同一档直播综艺上。

"不行，他抢我资源我还没跟他算账呢。我才不要签。"我把合同丢在了一边。

"不签也行，反正是综艺续约合同，之前的合作已经签订了。"黄杰看了眼档期，"第一场拍摄就在明天。"

我妥协了，对徐白意的厌恶在高昂的违约费面前显得一文不值。不就是营业吗？不就是演戏吗？不就是工作吗？谁不会啊。我忍，我咬牙切齿地想，反正过不了多久这一切就会结束。

然而没过多久，我惊恐地发现，网上突然多出来一大批我和徐白意的粉丝……以及同人文。

06

好吧，我又穿进自己的同人文了。

我回到现实后也曾和小作者联系过，想要感谢她，没想到对方一直没回复，我便时不时地去她的首页看看。没想到却看到那篇文的点赞量不断攀升，俨然成了神作，我觉得有些不妙。

我沿着评论区看了一圈，一不小心戳进了一篇新文。然后我就穿进来了，只来得及看清那个雷人的标题——《霸道王爷爱上我》。

不知道又是哪个倒霉作者，会遇到 Word 文档成精的这种美事。

然而不管我怎么在书里明示暗示，这次的作者始终没出现，可能是被灵异事件吓到了吧。看来这次只能靠自己了。

没关系，我已经掌握了回到现实世界的诀窍，这次我决定速战速决。同人文的基础无非就是坚守原主人设，坚持到结局，我就赢了。

按照惯例，我的性格多半还是老样子，一个执着追爱的"绿茶"。

满身绫罗的我身后跟了两个丫鬟，我很快就套出了自己的身份。这次书里的我是宰相之女，今天京城里的公子小姐办了个游园会，我也跟着来近郊的小湖赏花。

我一听游园会就知道，这在书中肯定是个重要情节。要么是打脸反派，要么是偶遇男主。我找了半天，终于在一边的亭子里看到了徐白意的身影。

我装出一个天真无邪的表情正准备冲过去，没想到有人抢在了前头。

"徐公子，帮我捡起手帕可好？"娇滴滴的声音又软又酥，情意满满得仿佛能掐出水来。

徐白意这才意识到脚下不知何时落了一方素白的手帕，上面还绣了一朵艳丽的牡丹。他捡起手帕递给眼前的女子。

我站在一旁，心想，这文章里居然还有个"绿茶"女配。

"二小姐怎么这样。"

身后的丫鬟嘟囔了一声，我看着对方与我有些近似的五官，知道了对方的身份。看着眼前两人就这么聊了起来，我没忍住，也加入了聊天队伍。

说来惭愧，演过那么多"绿茶"角色的我完全招架不住对方的"绿茶"

攻势，我这个便宜妹妹比我更"绿茶"，残存的那点自尊让我很快就败下阵来。

而徐白意面无表情地坐着，对我俩都不为所动，僵硬得仿佛是一个机器人。

而我仿佛是一个在公司年会上临时被抓来唱歌的实习生，尴尬得想跑却偏偏只能硬着头皮演下去。

终于，我的绿茶妹妹提起了回家，我忙不迭跟着转身离开。徐白意依旧坐在那里，不知在想什么。

"奇怪，这女主怎么会这样。"我听见身后的徐白意自言自语，声音小得仿佛只是我的幻觉，我猛地顿住了脚步。

07

能让倒霉的人感到欣慰的唯一方式，就是告诉他倒霉的不止他一个。

在发现徐白意也是穿越进来的之后，我快乐了，连带着之前对他的厌恶感也消散了许多。

那篇文章是徐白意的经纪人发给他的，还好他看完了连载的内容，后面的剧情和我瞎想的完全不同。

我这个女主非但不是"绿茶"性格，反而是个暴力又猖狂的大小姐。单纯是看"绿茶"妹妹喜欢上了徐白意，便试图横刀夺爱。然而脑子却比不过妹妹，反而屡次让自己置于险境。

故事就连载到这里，接下来的事情谁也不知道。但依照这种人设，想要结局皆大欢喜，只能是妹妹每次作妖都会被男主发现，以此推进男女主角的感情线。我俩商量了一下，草草定下了今后的战斗策略。

我假装踏入妹妹的陷阱，再向徐白意传递消息，于是光明神武的男主出手解决一切问题，顺便再和我擦出些火花。

我和徐白意一拍即合，想不到他还挺聪明。

就这样，我们一路顺利地推进着剧情。

这天，宰相大人终于决定让我俩订婚，我估摸着也快到故事结局，一切终于要结束了。快要成功的喜悦淹没了一切，以至于去城外山上的寺庙中烧香时，我居然同意了跟妹妹同行。

不出意外，我们这辆车遇到了意外。

"打劫！里面的人都给我出来！"

我俩哆哆嗦嗦地下了马车，我被劫匪绑得结结实实，不管许诺金钱还是地位，对方都无动于衷，蒙上眼睛的我被推下了山。

我是在被推下去的那个瞬间才觉得有所不对，既然对方分明是冲着我的命来的，那就不该留一个活口。既然如此，在我身边的妹妹为什么没被一视同仁，甚至连惨叫都没发出一声？

然而猜到了凶手也没有用，难道我要追究一个书中人物的法律责任吗？

幸好下面是个坡地，被推下山的我凭着主角光环生还，但多半也断了几根骨头。

同人文总不能把主角写死吧，说好的都是美好结局呢？之前自杀也会重启，是因为当时小作者删掉了那段文字。在没有作者的情况下死去的主人公还能复活吗？谁也不敢保证。

我痛苦地在地上躺了半天，决定还是靠自己。

双手被紧紧束缚住，我只能靠着双腿寻找出路，然而就连双腿也被石头绊住好几次。天色越来越暗，我被绊倒的次数也越来越多。

寒气愈发浓重，我身上也越来越冷，便找了个角落窝了起来。

我整个人又困又冷，眼睛愈发睁不开来，可又不敢放心闭上，生怕我这一闭眼就再也醒不来了。在我闭上眼的最后一刻，总算看到了不远处的火光和徐白意焦灼的面容。

算你这个臭小子还有良心。

我迷迷糊糊的，睁开眼时总能看到徐白意的身影，还没等我开口跟他说话，很快就又睡了过去。大概是在补我之前疯狂工作欠的觉吧。

不知睡了多久，我刚睁开眼，便撞上了徐白意，一种熟悉的感觉席卷了全身。我知道，结束的时刻到了。

嘿嘿，我钟小朵又回来了。

08

还好，这次我的眼前没再出现徐白意。我舒了口气，在微信上向他道了谢。

没想到打开微博，便看见了"徐白意钟小朵公布恋情"的热搜，还有我亲手发布的恋爱声明。

我两眼一黑，晕了过去。

被别人掐着人中喊醒之后，我和徐白意带着经纪人碰了一面，才让两位经纪人相信我们穿越到书中的经历。两个身经百战的经纪人这时候脑袋也有点发蒙，但还是习惯性地开始危机公关。

黄杰脑子转得快，直接建议我俩装作情侣，过一段时间再分手。

我们答应了，这事就算是结束了。

趁他们去结账开车的工夫，我建议徐白意今后改变人设："黑红也是红，你可以尝试一下写同人文，包你第二天就被骂上热搜。"

"可别。"徐白意摇了摇头，"我可不敢乱写，一个'绿茶'人设，一个'暴躁'人设，写出来之后我就被他们的粉丝淹没了。"

我怀疑他在内涵我没粉丝，但是我没有证据。

"等会儿，你怎么会知道我穿进去了两次？"过了一会儿，我突然意识到一些不对，"还知道是'绿茶'人设？"

徐白意支支吾吾了半天，终于开了口："因为……这篇同人文是我写的，上一次你穿越进去的那篇，也是。"

我整个人都蒙了。一时间不知道是该吐槽他居然会写同人文，还是钦佩他演技优秀到能瞒我这么久。

一堆话在我的脑海里兜兜转转，最后我只憋出来一句："为什么要写我和你的同人文？"

徐白意脸涨得通红："那还不是因为我喜欢你！"

"你喜欢我抢我资源干什么？！"我十分崩溃。

"我跟经纪人说想上那个综艺，又不好直说是为了你去的，谁知道他居然把你的资源抢了过来！"徐白意也崩溃了。

我俩无言以对，不知道该如何直视对方。

我又一次穿进同人文了。

现在的我穿着婚纱，手捧百合，茫然地看着对面的徐白意。

综艺播出之后，我俩的人气水涨船高，虽然没达到全网爆红的地步，但至少不会发愁没饭吃。我的心情跟着存款一路走高，看徐白意也顺眼多了。

虽然我俩的同人文还是不少，但我再也没穿越进同人文里过，似乎只要作者不是徐白意，这样的事情便不会发生。

直到综艺录制的最后一天，我在化妆间里候场，熟悉的感觉再次出现。

再次睁眼，我和他就面对面站在教堂里。

徐白意一脸窘迫地向我道歉："我……我只是记在了记事本里，没想到这样也会把你带进来，抱歉。"

"所以这次要怎么做？"我有些无奈。

徐白意从口袋里掏出戒指，套在了我的无名指上。

"我愿意。"

徐白意说完这句话后，我们就回到了现实中，只剩下我的一颗心依旧怦怦直跳。

很快，我给徐白意打去了电话："以后不要写同人文了。"

化妆间的门被突然闯入的徐白意拧开，他无辜又茫然地举着电话站在门口。

"直接来追我不是更好？"

徐白意的眼睛一下子亮了起来。

我们粉丝的梦想好像成真了！

END

这么短暂的光阴里，
我却只能与他远远相望。

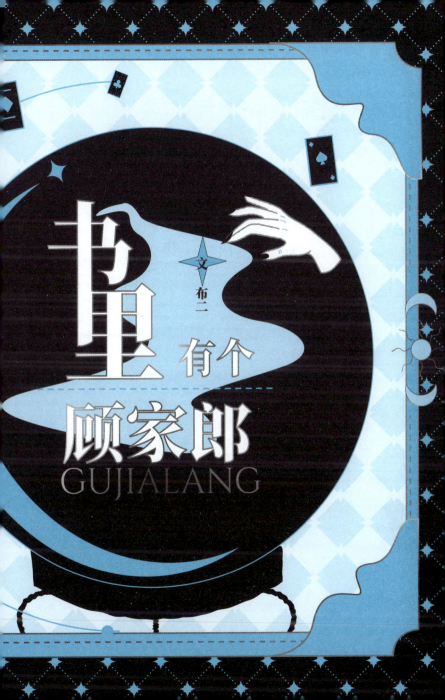

书里有个顾家郎

Shu Li You Ge Gujialang

 布二

研究生毕业设计开题前一晚，据说还是XX座三十年一遇的流星雨，我抱着我的笔记本，站在阳台虔诚地祈祷。

室友看到我，奇怪地问："你许愿还抱电脑？"

我嘿嘿一笑，打开我写的抽签小程序，诚恳地回答："我信奉科学。"

结果科学踹了我一脚，给我了一个下签。

晚上临睡前，我想开了，为什么要相信宇宙的石头呢？说不定睡一觉，灵感就会入梦了。

阿门，古人托梦，传我课题，谢谢。

不过祖宗懂不懂C语言啊？

我叫庄蘅。

我怀疑我祖上是庄周，我现在在梦蝶。

因为我睁开眼的时候，我看到的不是上铺的木板，而是一堵墙，上面没有贴我的"世上本没有bug，直到我开

一个真的不二的作者，每天都在努力写稿的路上狂奔，我有小甜饼，还有小刀片，吃完可以剔剔牙。

始写代码"的警世恒言。

所以这不是我的宿舍。

让我排除舍友半夜把我搬走的可能性，是因为耳边出现的一道声音。

不是贴着耳朵的那种，而是直达脑内。

【你好，这里是11001号世界，我是030号系统——】

我："030？你在发表情包吗？"

系统："不好意思，你在说什么？"

我挥挥手："没事，你接着说。"

系统："是这样的，我们这个系统是一个升级系统，会在各个世界抓取'种子'到模拟世界里体验角色，让'种子'以后能够在他的专业领域中得到充分的灵感以提升他们的能力。昨天我们主系统通过变成流星雨的方式降临到你们的星球，一共接收到234587064份申请，经过审核，共有12456741人通过，现在你的模拟世界之旅即将开始。"

我一脸蒙，本来熬过夜的脑子就经不起折腾，现在更是彻底报废："等等，模拟世界？什么模拟世界？"

系统："是这样的，你们那儿有很多人通过文字的方式创造出了很多世界，我们主系统会抓取合适的世界进行建模，自动生成模拟世界。"

我："那这个世界是什么背景？未来机甲还是现代码农？"

系统："调取背景资料中——11001号世界是古代架空背景，你的调查对象为男主顾虞之，半年后此世界将爆发一场大瘟疫，造成人口减少58%，请在此之前协助顾虞之寻找治病药方，完成后即可返回原世界。"

我一脸问号，恨不得把系统抓出来："等会儿，什么世界？对象是谁？找到什么？"

系统："古代世界，你的对象为顾虞之，找到治病药方。"

我："你这个架空的意思是这个世界有电脑吗？我给他百度一个药方？"

系统："就算是架空也要符合基本发展原则，当然是以你所学的中医知识提供协助。"

我总算搞明白了，吐了一口气，说："破案了，你抓错人了，我搞计算机的，送我回去吧，我PPT还没做呢。"

【哔——系统核对中，请你等待。】

03

我百无聊赖地从床上坐起来，发现这间房子连个窗户都没有，就只有头顶几道缝漏下一些光，我逐渐适应黑暗后，开始打量周围的环境，然后——

我快疯了！

我的脚上为什么挂着个铁链？

远处那一堆黑影是人吗？

我到底在哪里啊！

【系统核对中，请你等待。】

冷静冷静，反正系统核对完我就可以回家了，古代架空不是古代灵异，我要相信科学。

"砰——"

我还没安慰完自己，房子的门被猛地踹开，忽然漏进的光刺得我睁不开眼。我眨了眨眼，进来的是两个壮汉，还有一个翘着八字胡满脸写着"我是奸商"的中年男人，方才我看到的那些黑影是四五个女孩，都挤在角落里瑟瑟发抖。

中年男人清了清嗓子，冲身后不知谁笑道："爷，您看看这些货，可满意？"

原来是肮脏的人口交易。

我捏紧脚上的铁链，它长度两米，粗细适宜，应该比较合适我发挥。

实不相瞒，作为一个未来的程序员，年纪轻轻的我已经开始步入养生之道，一周健身四五次，所以我相信自己可以挣扎一下。

我的愤怒之心熊熊燃烧。

一步、两步……那个被称作爷的男人走到我面前，要我抬起脸，我怯怯地缩了缩，他不耐烦地低下头，我趁此机会，猛地用铁链将他脖子勒住，大声对那三个男人喊道："去你们的人贩子！给我把人都放了！"

那三个人一脸蒙，我怀里的男人震惊得颤了颤，我又使劲勒得更紧些，买卖人口的，都不是好东西！

但是事情并没有像我想的那样发展，八字胡回过神来，脸色阴沉地看着我，他身后的壮汉一把抓起一个小女孩，手中的匕首闪着寒光，就像他们目光中的恶意一样，将我钉死在原地。

我该怎么办？

正当我焦急的时候，我怀里的男人轻轻叹了口气，一只手隔着铁链和他的脖子，另一只手探过来拍了拍我，哑声道："下次碰到这种事，要记得，抓老板比抓客人有用。"

"什么？"

我还没反应过来，八字胡和他的手下忽然晃了两下，直直地摔在了地上，刚刚被抓的女孩也跌在地上，小声地抽噎起来。

我手中的铁链松开，男人"哼"了一声，起身拍了拍衣服上的褶皱。他歪头瞧我，神情中的不屑太过直白，让我十分尴尬。

【叮咚——系统核对完毕，此次事故是由于主系统的失误造成，但模拟世界的关闭需要达成任务条件方可启动，现调整任务条件为"陪伴顾虞之寻找身怀治病药方的女主温兰"，完成后即可返回原世界。】

系统："感谢你的参与，祝你生活愉快。"

那还真是谢谢你啊……才怪！

我是红娘吗？请问你们的人工投诉通道在哪里？

【系统关闭，除紧急情况外，只有返回时开启。友情提示，男主顾虞之正在你的面前，请你积极完成任务。】

我：……

我颤巍巍地抬起头，那个男人已经把三个人贩子捆了起来，把钥匙丢到了女孩们的面前，没什么表情地解释了一句："官兵之后就会过来带你们回去。"

然后他抬脚就打算走了。

我登时高呼道："壮士——不是，兄台！"

顾虞之看向我，俊秀的脸上写满了"不耐烦""快点说""说完滚"，我咽了口口水，结结巴巴地说："我可以帮你洗脱罪名，只要你带上我。"

一句话成功让他原本就不好看的脸色更黑了，他不知想到了什么，眼神中有恨意、痛楚和不甘，他逼近我，捏紧我的下巴，让我的目光无处可避。

"你是谁？"

我努力调整我的神情，尽可能诚恳、温和又慈爱地看着顾虞之，说道："不知道你是否记得六岁那年在菩萨面前许的愿？你说想要天下再无病痛、人人无虞。可能时间有点误差，但我是来帮你实现愿望的。"

他的神色变得更复杂了，我一时间有点解读不了，但我有自信他会相信我，我都这么精准地说出了他那么多私人信息，谁碰到这种情况能不选择相信？

但是下一秒他转头就走，走之前很嫌弃地瞥了我一眼，说："那些江湖话本都是胡诌的，劝你少看。"

我：……

他又补了句："伤脑。"

04

其实单提顾虞之这个名字的时候我还没有印象，但加上温兰以及寻找药方这个元素，我就想起来了。

这本小说，我曾见过的。

它叫《绝世医仙》，这个"医仙"我一度怀疑不是个单纯的指代。

因为这本书一千多万字，叙述了男主顾虞之从五岁起学医，十五岁时，因为卷入一宗冤案对人心失望，做了一名游侠。然后他遇见了女主温兰，温兰也是一名大夫，在她的帮助鼓励下，他重拾医术，而且洗清污名，和女主一起经历瘟疫救人等等事件。但到瘟疫这里，只不过五十万字，剩下的剧情我完全不知道。前面这部分我还是看的剧透，人生第一次看二十万字的剧透，还是追的连载！

所以我有理由怀疑最后这男主真的飞升成医仙了，不然这人间怎么装得下一千万字的流水账。

不过我也没骗他，找到女主就可以洗脱罪名，没毛病啊。

只是现在的问题在于，虽然我那天迅速开了锁追上顾虞之，但他这个人真的非常冷酷无情！

他用轻功飞了一个山头，我就跑了一个山头。他在山下要策马的时候，我忍无可忍，冲上去抱住……马腿，编道："我从小看您的话本长大，太崇拜您了，就让我为你洒扫做饭，怎样？"

他冷冷地看着我，问："江湖五年前才开始有我的话本，用的还都是化名，你五年前几岁？"

我咳了一声，脸一红，接着扯："崇拜是真的，而且您看，我现在回去都不知道去哪里要饭，您这么好的人，近朱者赤，你家附近也一定是好人多，就带我一程吧？"

"我这么好的人？"顾虞之冷笑了一声，弯腰将脸凑近我，"哪儿好？"

近距离看，他的皮肤很白，眉毛又黑又硬，像是刺猬的刺，眼角尖尖的，眯着看人时反倒有点多情，唇色很淡，嘴角往下沉，不是个爱笑的人。

我真心实意地回答："长得好。"

能不好吗！男主脸啊！但我没想到顾虞之真吃这一套，犹豫了一下，真就带我走了！

但是，他骑马，我走路。

除了脸，小顾依然什么都不行。

我临水照过，这具身体的脸跟我本人的差不多，没秃顶，在我们程序员界是非常能拿得出手的，小顾就不能拿出一百字的心理活动来对我动点恻隐之心吗？

为了以后的苟活，我决定我庄蘅从此要将捧杀事业贯彻到底。

路上他渴了要我去打水时，我就说，天气炎热，他考虑真周到；他路边捡小石子砸我屁股的时候，我就说，屁股结实耐砸，他考虑真周到；他给马喂草的时候，我就说，马吃得真欢，他考虑真周到。

他给我喂饼的时候，我忍了很久没忍住，诚恳地说："顾哥，你刚喂马没洗手。"

火光照亮顾虞之漂亮的眉眼，他的嘴角往上抬了抬，露了个吓死人的笑容，他点点头说："我考虑周到，所以——我知道。"

顾虞之是个混蛋！

但我是个胆小鬼，所以我忍了。

赶了两天路，我跟着顾虞之到了他家里。这是一座一进的院子，统共三间房，卧室、书房和厨房。

但最让我震惊的是，顾虞之的书房里放的不是医典药书，而是他的话本，一个柜子！满满的！

顾虞之抬着下巴看我，说："以后你就住这间房，所有的话本每隔三天必须晒一次，不能有灰，不能卷边，知道了吗？"

我艰难地咽了咽口水说："能问下，这些话本为何如此宝贵吗？"

顾虞之爱抚着其中一本，悠悠地说："江湖游侠，自然要时时刻刻知道江湖人眼中的自己，才能够自省己身，无论是斥责夸赞，都要有所了解。"

剧透只说顾虞之在遇到女主之前是个颓废忧郁但仍心怀正义的游侠，没说他还这么变态啊！是我漏看的那一段里包含了什么了不得的心理变化吗？

我默默问他："你不是说，话本都是胡诌的，看多了伤脑吗？"

他哼了一声："若是你看，自然全盘都信，而我自有分辨。"

分辨哪个人夸得文辞优美、遣句得当吗？

小顾求你快转职，你男主光环快崩了。

05

顾虞之不是人。

我总算明白他一个通缉犯怎么敢住闹市了，合着就是为了让我东市买烧饼、西市买炙肉，一天三顿，我起码能在这座城转一圈。

我恨不得去衙门举报他！

不过我不敢，但凡我露出一点反抗的苗头，他就好整以暇地看着我，一脸"是你要留下来的，有本事你就走"的表情。

这我能忍吗？

能，忍忍就习惯了。

而他倒是乐得自在，捧着本书坐在院子里晒太阳。上次他一包迷药药倒三个人贩子的故事新鲜出炉，主人公名唤无虞公子，以前他行医的时候，话本多写的是三思大夫——三思是他的表字。

这行为就特别像是一个游戏高手不满意自己的黑点，删号重练、再创辉煌。

而我，一个鞍前马后的助理，能做什么呢？只能在他舒适到睡着的时候，拿着床薄被，在闷死他的念头驱使下，仔细给他盖好，顺便还掖了掖被角。

但是不管顾虞之怎么想，我还是惦记着我的任务，要让他尽快找到女主。我记得小说里他们是在瘟疫刚有苗头的时候碰到的，温兰游历到一个山村，山村里有几个老人得了怪病，刚好男主被朝廷捕快追到这躲藏，两个人就开始一块研究，根据女主的家传医典，整合出了瘟疫最初的药方。

问题来了，山村在哪儿？而且这个时间点我也不知道啊！

我绝望地往菜篮子扔了块豆腐，我都这么惨了，顾虞之中午还想着吃糖醋豆腐，一点事业心都没有。

我更没想到快到家的时候，一个推车卖菜的大娘突然晕了过去，刚好卡在我回去必经的巷子口，不扶都不行。

可是扶了之后，我又不知道该往哪儿送。医馆离这有一刻钟的路，我还没钱。于是我挣扎了一下，还是打算先把这大娘扛回去，家里有个大夫。要不他帮着省点钱，要不他帮着出点钱。

我真机智。

顾虞之看到我搬了个活人回来，脸色十分难看，但扫了大娘一眼，又让我把人扛到院子里。

他从房里拿出一卷针，熟练地在大娘身上扎针，神情很认真，没有一点敷衍。我觉得有点疑惑，他不是不做大夫了吗？为什么房里还放着这些东西？

我突然想到以前看过的《绝世医仙》的片段——顾虞之被恶霸告上官府，说他故意开错药方，有一味药的药性极寒，他偏偏写了三倍的药量。而那些他曾经施过恩、看过病、赠过药的百姓，因为种种原因，都出来做了假人证。

官老爷定了顾虞之的罪，顾虞之只是淡淡地扫视了那些或愧疚、或委屈的百姓，放下了赶来衙门时忘了摘下的药箱，站得笔直，嗤笑道："各位言语犀利，字字句句都想往我头上套罪，这口舌之毒怕是天下毒药都难以企及！我无罪，有罪的是医道，它只能治人体之疾，救不了人心之疾。"

后来他逃了出去，做了游侠，手里的针换成了腰间的剑。现下看来，其实他从未放弃过天下人，只是换了种方式去寻他的天下无虞。

大娘扎了针后还未醒转，顾虞之正慢慢地收他的针。我犹豫地上前，不知道说些什么，只好随意扯了句："顾哥，豆腐刚刚压烂了，中午做豆腐丸子好不好？"

顾虞之无所谓地点点头，他对待他的针很温柔，就像擦他的剑一样轻。我终于鼓起勇气，先是吹了一通他的医术和他的慈悲心肠，然后问："顾哥，为啥你不让我把她扛去医馆啊？"

顾虞之斜斜地瞥了我一眼，哼道："你不是夸我慈悲？何况你都把人扛进来了，我再丢出去，岂不是引人注目？你是巴不得我被衙门抓起来吗？"

是不是可以理解为因为是我搬进来的，所以他才救人，嘿嘿嘿。

虽然但是，小顾说话还是好难听。

顾虞之回房了，我等大娘醒了后，把顾虞之写的药方给她，让她回去记得喝药。大娘千恩万谢，说她闺女也是个大夫，只是出城看病去了，以后有机会让我们认识认识。

我心里咯噔一下，问她闺女叫什么名字，她笑着回我，温兰。

啊啊啊！果然不可能有普通的大娘会倒在男主家门口，求求你现在就让她回来啊！

不过这么一想，即使没有我，顾虞之也会发现女主她妈，然后救她，毕竟小说要埋伏笔。

但我为什么有点不爽？

06

虽然我特别想温兰立马回来，但是大娘说她出门一次起码要一个月才会回来，现在才刚出门，怕是没有那么快。

今天的小庄还是很绝望。

许多情绪压在我心里，让我很不痛快。于是我出门买了壶酒——用的还是这些天买菜存下来的几个铜板，这点钱只能买最差的酒，所以我喝第一口的时候便吐了。

可是我又没有别的钱去买更好的酒。

我被垃圾系统扔到这个陌生的世界，什么都没有，还要被迫去做什么鬼任务，死皮赖脸地赖在顾虞之身边，顾虞之还不是个好人！

我抱着酒壶倒在书房里，酒香盈满房间。只听门"咯吱"一声，黑着脸的顾虞之低头瞅我，问："为何在书房饮酒？"

我缩了缩脑袋，抱着酒壶往前一滚，滚到顾虞之的脚边，讷讷地说："你让让，我现在就滚到外头去。"

顾虞之似乎有些无奈，我酒劲有些上头，总觉得他好像还笑了一声，约莫是看我太惨嘲笑我吧。

这么一想，我更委屈了，大着胆子抓住他的衣角，干号道："凭什么我这么惨！顾虞之你就不能做个人吗！"

顾虞之蹲下来，像逗狗似的点我的额头，说道："跟我比惨？"

我想到他遭遇的事，小声地道歉："顾哥，我之前说能帮你洗脱罪名，是骗你的，对不起。"

"无所谓，我本来就没把那些人放在眼里。"顾虞之继续点我，问，"还骗了我什么？一块儿说了。"

我想了想，瘪了瘪嘴，酒精麻醉了我的意识，让我壮着胆子接着坦白："夸你的都是假的。你这人嘴好毒，爱骂人，又贪嘴，爱指挥人，脾气坏……"

我倒豆子一样吐了一堆真话，看着他离我越来越近，一点危机意识也没有，反而伸手捏了捏他的脸，嘿嘿笑道："不过长得帅是真的。

"那次也是你救了我和那些女孩，你还救了那个大娘，如果你能帮我回家就好啦！"

"哦？"顾虞之的声音轻轻的，他本来嗓音就有点低，现在压低了，就像带着钩子似的，要把我的灵魂从耳朵里勾出来，"那你家在哪儿呢？你怎么知道我那么多事呢？你接近我想做什么？"

这几个问题攸关生死，我的理智立即挣扎着上线，可惜酒精让我神志不清，我想了好久，只憋出一个理由，颤悠悠地说："我对顾哥……一见钟情，关注你好久了，就想走进你的生活。"

为了回家，我宁可装作一个厚脸皮的粉丝，就是这么有骨气。

"是吗？"顾虞之的眼睛带了点笑意，嘴角扬了扬，说，"那你过来，亲我一下。"

我颤了颤："这……不太好吧，顾哥，我喝了酒，嘴里挺臭的。"

顾虞之哼了一声："小骗子。"

明明是骂人，却让我的心酥酥麻麻的，别说灵魂了，鸡皮疙瘩都快给他勾出来了。

今天的顾哥，人设也崩了一地。

酒醒之后的我很后悔，更后悔的是，我把每个细节都记得清清楚楚。

尤其是顾虞之那张脸、那声笑、那句骂。

我一个理科生都用上排比了。

好希望这个时候能够打出一句"时光转瞬而逝，一个月就过去了"，这样我就可以避免尴尬，直接把顾虞之打包到温兰面前，撒腿跑路！

当我战战兢兢地挎着菜篮子要出门的时候，顾虞之坐在树下看书，我余光持续落在他身上，看他翻一页书，心就颤一下。

"庄蘅。"

来了来了！要算账了！两个月了，他第一次喊我全名，接下来必定是场狂风暴雨，我要稳住，我不可以跪下去，我要有理科生的尊严！

"昨天没做糖醋豆腐，今天记得补上。"

我：什么？

就这？

我狗腿地笑了笑，问他还有没有别的吩咐，他摸了摸下巴，说道："以后可以多买些酒。"

顾虞之这个人，巴不得我十二个时辰都在出糗。

经过昨天，我想开了点，既然一个月后温兰就会回来，那么我就安心地在这等一个月，一个月后把他们凑一块，我就可以召唤系统撤退了。

只剩一个月了……

但这些都是我美好的愿景，小说里的世界跌宕起伏，当天晚上，我在院子里嗑瓜子的时候，几个捕快破门而入，嚷着要抓通缉犯。

我上前赔笑，这才了解到，是那个大娘抓药时说起这里有个大夫，顾虞之才被衙门盯上的。

虽然按照原来的剧情，可能也会发生这样的事情，但现在看来，这无妄之灾就是因我而起，我吞了吞口水，想着该怎么拖延时间。

可惜我无能。

捕快一共来了十个，为首的四十多岁，直接把我当作顾虞之的同伙，要拔刀砍我，我吓得一把瓜子壳扔过去，大喊："顾虞之，你千万别回来！要抓人了！"

几个捕快迟疑地看了门外一眼，留了五个人在这看着我，另外五个则出去搜寻。刀架在我脖子上，我一方面想不通自己为什么会舍己为人，一方面又希望顾虞之在房内能搞条密道跑路。

然后顾虞之就推开房门走出来，一把剑一包迷药把五个捕快撂倒了。

对不起，一时情急忘了顾哥不仅会武功，他还是从衙门逃出来的人。

不是，这衙门就派十个捕快来抓我顾哥，瞧不起谁？还是说你衙门就只有十个捕快吗？

也有可能是剧情需要。

我觉得顾虞之应该也很嫌弃这几个捕快，因为他脸上的表情从"天哪，你怎么这么蠢能被这种捕快抓到"变成"天哪，这些捕快怎么这么蠢能被你骗出去"。

别问，问就是蠢。

我动了动脖子，刚才那捕快力道没把控好，刀把我脖子划了道小口子，让我吸了口凉气。

顾虞之瞟了我一眼，拉着我走进他房内，翻出了一瓶药膏给我抹。我有点受宠若惊，眨了眨眼问他："捕快等会儿就回来了，我们不抓紧时间跑吗？"

"来了也是一群废物。"

药膏冰冰凉凉的，抹上去很快就不疼了。顾虞之抹完后问我疼不疼，他的神情第一次有点软，似乎还有点温柔。

我想了想，巴巴地看着他，说："疼。"

然后顾虞之就把药膏丢给我，让我自己记得抹。虚假的温柔，顾哥还是那个酷哥。

晕倒的捕快被叠在大门前，顾虞之带我跑路的时候，不知道是不是有意，踩了拿刀压我脖子的捕快一脚，那捕快疼得低吟了一声。

顾哥是在给我报仇吗？

突然有些开心。

08

路上顾虞之骑马载我，其实一开始他打算让我自己骑的，但是我作为新时代的研究生，根本不会骑马，最后他为了赶路，妥协了。

靠着顾虞之的时候，我有一种在梦里的感觉，谁能相信两个多月前我还跟在顾虞之的马后吃灰，现在我竟然能跟他共乘一骑，我没出息地笑了。

机会是留给有准备的人，没有日积月累的拍马屁和狗腿，怎么会有今天发家致富的好日子？

顾虞之问我笑什么，我没回过神，把心里话说出口："你的胸膛宽阔，靠着舒坦。"

然后我被他勒令坐得笔直，与他之间必须间隔一拳，做不到就得滚下马。

不是，顾哥，这要是给别人看到，会以为你是来赶尸的，不太好。

但是我不敢说，坐得比小时候穿了背背佳都直，直到一刻钟后，我试图跟顾虞之讨价还价："顾哥，伤口有点疼。"

"抹药。"

我恹恹地"哦"了一声，却觉得马的速度慢了下来。小道旁有一间客栈，顾虞之策马到客栈门口停下，叫我下马。

我担忧地问："住客栈会不会被人发现啊？"

顾虞之瞥了我一眼："发现了就换一家。"

至于跑不掉这种问题，不存在的，顾哥厉害！

于是我踏实地住了进去，顾虞之就睡在我隔壁。不知道是不是这几天经历的事有点刺激，我有些睡不着，便去敲顾虞之的房门，问他可不可以聊会儿天。

他有些嫌弃，但还是答应了。

"顾哥，你武功那么厉害，跟谁学的啊？"

"师父。每日三个时辰读医典，两个时辰识药草，四个时辰练剑。"顾虞之淡淡地回答，仿佛那些辛苦都不值一提，他挑了挑眉，"换我问你，你什么时候见过我？"

我很早就把这些说辞编了一遍，只是之前顾虞之从不问我，现在刚好可以用上，但看着顾虞之，不知道为什么，我突然想起那日他在我耳边说的小骗子，嘴里的那些谎话就有些说不出口。

我知道他之前不问，可能是想观察我，看看我的目的，现在问我，约莫着是想要信我，给我机会说实话。

我不想骗他，可即使我说了，他也不会信。

于是我只好说："很早以前就见过。"

他又问："跟着我到底想做什么？"

我抿了抿嘴，说："不能告诉你，反正不害你。"

他竟然点了点头，没有接着逼问我。

窗外的月光很亮，顾虞之不喜欢烛火晃动，便只借着月光照明。此时月光给他镀了一圈银白的边，他神色淡淡地看我，眼里装着许多欲说还休的情绪。

我突然就很想问他，虽然他的很多事书里都写过，我也有看过一些，可我还是忍不住问："这些年，你后悔过吗？"

"换你你后悔吗？"

我点了点头，如果我从小立志为天下人，长大后反而被天下人如此坑害，我肯定是后悔的。

"所以我自然悔过。"顾虞之闭了闭眼，"可我不能辜负我自己。"

为医也好，为侠也好，总之是在践行自己的道。

我一时间找不出任何赞美之词，只能真心地夸他："你真的好棒。"

我真没文化。

可顾虞之却笑了，他说："除了师父和病人，只有你夸我，为何总是夸我？"

不是因为你喜欢听人夸吗！

还有什么理由呢？

我仿佛听到我的心跳如鼓，不管顾虞之是否会黑脸，我立即捂着胸口冲回我的房间，在床上打滚试图冷静。

【嘀——友情提示，身体数据异常，请注意人身安全。】

久违的系统声仿佛一块冰，将我滚烫的情绪迅速冷却，它太久没出现了，让我逐渐忘记自己身处的只不过是模拟世界。

这是一本书。

顾虞之是书中人。

而我迟早要走。

09

行了三天路，顾虞之带我到了一座村庄。

我的情绪莫名低落，顾虞之还以为我生了病，纡尊降贵要给我把脉。他的手指一搭上我的腕，我便触电一样地后退，他危险的目光落在我身上，咬牙切齿地问我怎么了。

　　我叹气说："顾哥，你没有经历过，不会懂的。"

　　当晚顾虞之为了证明没有他不懂的东西，去村民家买了头老母鸡，让人跟枸杞一起炖好送到我面前。

　　我十分无语，但瞅着顾虞之时不时瞟过来的眼神，以及一脸"这傻子到底在想什么"的表情，我还是老实地把母鸡汤喝了。

　　喝汤的时候，顾虞之敲着桌子同我说话："本来想停留一天便接着赶路，不过下午的时候，我听闻这村子有几户人家染了怪病，可能要多留几天。"

　　汤的温度刚好，可入嘴的时候，我却仿佛被烫到，一个"好"字卡在喉咙里就是吐不出来。

　　我轻轻地问："村里是不是有个女大夫在治病了？"

　　"是。"顾虞之有些奇怪地看着我，似乎不解我为什么知道，但他还是解释说，"不过治了快十天了，效果不佳。"

　　这个病当然不可能会那么快治好，虽然一开始它的传染速度很慢，而且传染性不强，但它的存在，就是为了将温兰留在这个村子，为了让顾虞之重新捡起他的医术。

　　更重要的是，为了让他们相遇。

　　而我现在应该做的是笑着点头，然后夸几句顾虞之，让他赶紧出去找温兰，让他们赶紧碰面，然后我就可以回家，回到我的世界。

　　但是不知道为什么，我就是开不了口，甚至看到顾虞之想要起身出门的时候，我一个箭步冲上去，勾住他的手，要他别走。

顾虞之先是皱着眉，见我神色惊慌，又低头笑了笑，说："倒是真喜欢我？吃醋了？"

这两个问题像是巨石一样狠狠地砸在我的神经上。

怎么会？不可能。

可是此时此刻我发不出任何质疑，我只是紧紧地拉着他的袖子，又说了句："别去。"

顾虞之难得有几分耐心，任我磨了一会儿，可最后还是要走。

他的性子，是不可能眼睁睁看着这种事情发生在他眼前，而他什么都不去做的。

我咬着嘴唇，不住地让自己放手，可十根手指连心，没有一根肯先松开。顾虞之抬起我的下巴，又皱起了眉，问："怎么还哭了？"

什么？我哭了？

我不可置信地瞪大眼睛，原本凝在眼角的泪水忽地滑落，敲在顾虞之的手心，证据确凿，不容否认。

可我不明白我为什么要哭，就像我不明白此刻我为什么要拦着顾虞之一样。

"请问顾先生在家吗？"

门外，一道温柔的声音传来，我猛地望向那薄薄的一扇柴门，看着它被忽起的一阵风吹开，门外静静站立着一位姑娘。

她背着竹篓，脸上挂着清浅的笑，看着就是个很好的人，也是要和顾虞之共度一生的人。

此刻他们相遇了。

我无力地松开手，等待着系统的通知。

这明朗的月光下，合该只有他们二人的身影，就像一千万字的小说中，唯有他们的名字并排而立，直到尾声。

可下一刻，顾虞之牵起我的手，在我惊愕的目光中，笔直地向温兰走去，声音带着点笑意："我要带个人同去，她不盯着我，心里不放心，请你前头带个路吧。"

顾虞之，无耻至极！

但是我却没有挣开手，低垂着脑袋，脸上红热不散。顾虞之的掌心很热，将我整只手裹着，仿佛要烫熟我整只手臂，更可怕的是那点温度比瘟疫的传染速度都快，从左手蔓延到右手，从指间顺延到心口。

燎原一般的趋势，点燃我所有的欢喜。

10

【系统检测无误，条件未达成，请你继续努力。】

那晚回来后，我疯狂呼唤系统，终于让它上线扑腾了一下，我问它为什么顾虞之和温兰见面了之后，我还没有回去，是不是它们主系统又坏了。

可它却告诉我没有。

我有点忐忑，问它："你把任务条件再说一遍。"

系统："陪伴顾虞之寻找身怀治病药方的女主温兰。"

我算明白了，它竟然跟我抠字眼，在温兰前面放了一个定语。很会啊，这系统不知道坑了多少人！

但我却没有太多的气愤，就跟它确定了一下："所以，要温兰研究出了治病药方，我才能走，是吧？"

系统："是的，不过根据原剧情线估计，大概一个月后，在顾虞之的帮助下，温兰就能研究出药方，你也就可以返回原世界了。"

一个月吗……

我走出房门，顾虞之还未回来。他这几日都在和温兰一起探讨病情，还要和村长商议封锁村子、隔离病人，温兰已经初步发现了病情的传染性，并且准备了烈酒和面巾来应对。

她不愧是女主，温柔善良、聪明果敢，而我在这里，不过是一个什么都不会、什么都没有的平凡人。

等到一个月后，我彻底消失在这个世上，他们就会相爱、相守。

就像原本那样。

我开始焦虑，每天顾虞之一回来，我都要问他现在病情到了哪一步，有没有应对的方法，然后在心里默默计时，我还能留多久。

顾虞之一副没什么大问题的自在模样，直接用"很快没事"四个字塞住我的嘴。

我眉间的忧郁散不去，他却以为我在吃醋，挑眉看我，说："你若是想，贴身跟着我也不是不可。"

我没有回他，只静静地在院子里洗碗，头有点疼。

月亮很圆，似真似幻。顾虞之拿着卷书站在树下乘凉，四周很静，只有我刷碗的声音。

我把碗放下，闷闷地问顾虞之："顾哥，以后我回家了，你会想我吗？"

顾虞之没看我，随口答："我都不知道你家在哪儿，不想。"

我期期艾艾地开口："就在……在，只有我能到的地方。"

顾虞之哼道："只有？"

完了，顾哥最讨厌的就是"你不懂""你不行"这种质疑，可顾哥真的去不了啊！

我破罐子破摔地说："那你有本事就来，到时候我等你来找我！"

"行。"

顾虞之点点头，目光从书里挪出来，落到我身上，是一贯的"顾哥说行就能行"的眼神，我一时间竟当了真，无论他可不可以，至少他愿意。

我鼻子一酸，难过地说："你都不知道我是谁，就这么轻易地答应了？"

"是个傻子。"他从树下走来，步入那如梦如幻的月光之中，是书中人，是世外仙，他忽然笑了，笑意直达眼底，于是便显得温柔，他道："善良的傻子。"

我深深地吸了口气，看着顾虞之步步逼近，结结巴巴地说："我……我手脏的。"

他接着笑："不需要你用手。"

那要用什么？顾哥还想用什么？

不及我细想，我眼前的景象忽然开始打转，身体无力地瘫倒。晕过去前我还在想，这难道就是幸福到晕倒？

确实很生动。

醒来的时候，顾虞之和温兰都坐在我近处的桌子旁，两个人似乎刚刚争吵过的样子，脸色都很不好看。

我张口要水，顾虞之起身就要过来，温兰却拦住了他，两个人目光相撞，就要擦出火花，并不是那种风花雪月的发展，而是刀光剑影的那种。

后来还是温兰妥协地说："起码你也要戴上面巾。"

顾虞之看了我一眼，我瞬间就明白了，哑声问道："我是不是，也得病了？"

回想在村子的这一段时间，我几乎都没有怎么出过门，吃喝都是之前自己带的，更没有和村人有过接触……除了，除了那碗鸡汤。

如果熬鸡汤的村人患有瘟疫，那么在杀鸡熬汤的时候，鸡汤可能就被污染了。

而我把鸡汤喝了个精光。

顾虞之的眼里明摆着内疚与悔恨，我故作轻松地笑了笑，说："顾虞之不是说这病很快就能治好吗？我等你们便是了。"

温兰眉头拧在一块，深深地看了顾虞之一眼，最后叹了口气，冲我点头道："是，你且安心。"然后她就推门出去了，出去前还向顾虞之指了指桌上的面巾，"要治人，你首先得是个合格的医者。"

屋子里就剩我和顾虞之，他看着面巾出神，我慢慢地蠕动，将脸埋在了被子里。

我知道顾虞之这段时间都是在安慰我，若真的容易，他怎么会每日都在外忙，腰带都松了几寸。何况书里写到这段的时候，用了三十多个章节，那么多的字句，落在顾虞之口中，只是四个字——很快没事。

现下他却不打算用这四个字来安我的心了，他坐在桌子旁，很久没动，我便静静地等着他，等到他终于愿意开口，同我说话。

"这是瘟疫。"顾虞之握紧拳头，"这些时日，我和温兰用了许多法子，都不太行，只能拖延症状，不能根治。我……"

"你可以的。"

我斩钉截铁地回答，不止是因为我早已知道这情节的尾声，还因为眼前这人，是顾虞之。

顾虞之从来不会有不懂不行的事，纵使恶名加身，他仍能挣出自己的一片天地。

"若我不可以也无妨。"顾虞之松开手，歪头看我，"我会陪你。"

我露在被子外面的眼睛瞬间红了，我吸了吸鼻子，看他竟然不戴面巾要往我这边凑，连忙整个人缩进被子里，声音闷闷的："你身体好好的，才能去想治病的方法。"

"这被子是红的，你躲进去，真像盖着块红盖头。"

隔着被子，他的声音依旧很清晰，我抱着膝盖，破涕而笑："那我等你治好我，来掀开它。"

"好。"

治病的日子并不难熬，我全身乏力、时不时便发热，只得一直躺在床上，而顾虞之就在院子里翻医书。

147

透过窗户，我就能看到他，他偶然抬起头，抓住我的目光，便会轻哼一声，问我："又偷看我？那么好看？舍不得挪眼？"

我不跟他抬杠，"嗯""啊""是啊"地答他。

他再低头看书的时候，嘴角便悄悄地勾起来。

我又狂敲系统，问它有什么办法留在这个世界，或者有什么办法让顾虞之跟我一起离开这个世界。

系统沉默了一会儿，一如既往的机械音没有感情地解释："模拟世界是依靠主系统能量构建的，你也是学习计算机的，应该知道，这里的一草一木，实际上不过是一堆程序语言，1 和 0，if 和 for。主系统创造世界的初衷是为了帮助你们学习，因此每个世界的能量投入并不多，等你们离开之后，这个世界就会变回一团数据，被主系统回收。

"你可以把顾虞之看成是一个 AI，他的性格和语言都是经过初始设定的，你不需要投入过多感情。很遗憾不能解决你的问题，顾虞之只能陪你走过这段剧情，祝你生活愉快。

"友情提示，任务进度——88%。"

我茫然地缩在床角，系统的话不断地在我耳边回放，怎么会是 AI 呢？怎么能把他看成 AI 呢？

顾虞之是活生生的人，他有自己的理想和抱负，他很好，也很坏，如果他只是一个设定好的程序，一个富有感情的人工智能，那他应该顺着剧情喜欢上温兰，而不是……而不是我。

想想我真是个傻子，从一开始，就选错了路，害了顾虞之，现如今这个境况，也不过是自作自受。

还剩多少天呢？我还与他有多少时日的相处呢？

这么短暂的光阴里，我却只能与他远远相望。

"顾虞之，你今日怎么这么开心？"

到了夜里，我抱着被子隔着窗户问他，月光与灯光将我与他的影子都投在窗纸上，我便又凑近了些，让我的影子与他挨在一起。

"今日从温兰家传的医典里得了点想法，又重新开了个方子，明天打算给你试试。"

顾虞之的声音带着温柔的笑意，我痴痴地用指尖碰着他的影子，想到那 88% 的进度，眼角的泪止不住地往下掉，我问他："苦不苦啊？"

"我开的药，从来苦得要命。"他吓唬我，然后又哄我，"不过你最近乖得很，喝完给你用蜜饯压一压。"

我把泪蹭在被子上，努力保持平静，问他："等病治好了，你打算做什么？"

"带着傻子继续做游侠，最近不是你煮饭，怪不习惯的。"

"那……没有我的话，你又打算做什么？"

我眨了眨眼，听到顾虞之低低地笑了一声，说："那我就去找傻子。你是要回家吗？不是说好了，便是你回家去了，我也会去找你。"

"顾虞之。"

"恩？"

"顾三思。"

"恩？"

"顾哥。"

"恩。"

我抹去眼角的泪，轻轻吻上窗纸上那一道剪影，一触即分，我摸了摸嘴唇，笑道："你是个讨厌的人，却又总是讨人喜欢。"

"讨谁的？"

顾虞之明知故问，而我明知道他故意，却也坦白："我的。"

即使放在书中，我与他相识相知不过寥寥几笔，即使这是一堆数据，所有的爱恨嗔痴最后都会被回收，那又如何呢？

我与顾虞之，就像这窗上的剪影，来了又散，总是存在过。

我一宿没睡，顾虞之的影子在窗外，一宿没离开。

朝阳升起，又过了一个多时辰，我听到温兰的声音传来，是跟顾虞之说药都齐了。

顾虞之敲了敲窗，问："醒了吗？"

我回了他，他便伸了个懒腰，懒洋洋地逗我："给你熬药去了，不给温兰碰，别吃醋。"

我想此时我应该是要笑的，便笑着回他："顾虞之，你好坏。"

那一碗金贵的药端到我面前，我很平静地饮下。是很苦，苦得我皱了眉，顾虞之隔着帕子递给我一颗蜜饯，我飞快地含在嘴里，又酸又甜。

"好了，喝了药会困一会儿，醒来看看会不会退热。"

我迷迷糊糊地闭上眼，手指却仍勾着那张帕子，连着帕子那头的顾虞之一起勾着不让走。

顾虞之说："我不走。"

我怕的是我会走，更怕我走得悄无声息，连与顾虞之道别的机会都没有。

再醒来的时候，我出了许多汗，但身体却轻松多了，顾虞之上前给我把脉，神色中的欣喜无法掩饰，他道："脉象好转，没事了！"

温兰刚好端了碗粥进来，见我醒了，也十分高兴，她说："看来药方是有效的，我等等就去抄一份出来，趁天还未黑，配齐药给村人们送去。"

我垂下眼，出声问道："这么急吗？"

温兰笑道："能不急吗？村人们都熬了一个月了，现在有了药方，定然早些服下最好。"

我便目送着她离开。

唯一庆幸的是，我还有时间能跟顾虞之说说话，可是要说些什么呢？

我靠着床，看他坐在床边，觉得有些远，便要他离我再近些。他探出头，离我的脸只有一拳的距离，问我："这样还不够近吗？你大病初愈，这么急？"

我厚着脸皮，将他的手绕在我的腰间，理直气壮地说："大病初愈，自然要缺啥补啥！"

"哦？"顾虞之眨眼，问我，"你缺什么？"

"缺顾虞之。"

我抬起头，做了我一直想做，却一直没做成的事，所幸我嘴里蜜饯的味道还没散，仍是酸酸甜甜的好滋味。我放心地把唇往上贴，顾虞之丝毫不惊讶，反而笑着把我又往怀里搂得紧了些。

【友情提示，任务进度100%，模拟世界即将关闭，请你做好返回原世界的准备。】

这一吻很长，长到我的眼前浮现出与顾虞之相识以来的种种：最初时乌龙一般的碰面，我死皮赖脸地跟着他，后来给他做饭，我醉酒出糗，被捕快追捕，在村子里染上瘟疫……

似乎遇见他以来，就没有什么好事，唯有一件，便是遇见他的这件事本身，已经足够好。

我久久地望着他，唇上温度的交替，眼中目光的交接，让我切切实实地感受着顾虞之这个人。

周围的颜色忽地变得黯淡，一草一木、一桌一椅都在被分解，我看到它们散开，变成程序语言飞到空中。

【模拟世界关闭，注意，模拟世界关闭！】

顾虞之的身体也开始被分解，可他似乎注意不到，仍然望着我，神情真挚，我捧着他的脸，轻声说："顾哥，我等不到你了。"

我掌心的重量逐渐变轻，四周白光一片，我望着虚空，喃喃道："可我还是会等你。"

【哔——原世界返回，谢谢你的参与，祝你生活愉快。】

白光闪过，我闭上眼，不知过了多久，我的知觉又回到身体里，我缓缓睁开眼，头顶是熟悉的木板，歪过头，"世上本没有 bug，直到我开始写代码"的警世恒言正无声地贴在墙上。

我回来了，又像是不曾离开过。

像梦一样，我不知道这场经历是不是仅仅是一个 BUG，它毫无逻辑地出现，消失得渺无踪迹，可我一想到它，便只觉得闷闷地疼痛。

　　还好有这疼痛，让我觉得，顾虞之还在。

拯救绿茶少女攻略

文 走走妹

我知道你的存在，
你不要妄图控制我的身体。

拯救绿茶少女攻略

文 走走妹

想做就去做，别后悔，追梦的人不可爱吗？

"江祁！我们准备了这么久的演讲比赛，你最后说不参加就不参加了？！"女孩秀美的小脸此刻被气得通红，那双漂亮的眼睛里隐隐泛起了泪光。

被称为江祁的少年垂眸看着她，脸上没有什么表情，淡淡地应了一句："嗯，我不参加了。"

听到回答，女孩哭得梨花带雨，用手指指着江祁身边的我开口质问："就因为她的一句话吗？江祁你怎么这么自私啊！"

这时，我张开嘴唇，听到我的声音也带着哭腔，委屈至极："你要怪就怪我吧，你怎么能说阿祁自私呢？"下一秒，我露出一个勉强却懂事的笑看着江祁，"晓晓也不是故意的，阿祁你别怪她，她只是更想赢得演讲比赛，不知道你的难处。"

江祁的脸色随着我的话更冷了几分，显然他现在很不高兴。

楚晓晓见江祁什么也不解释，往自己的校服袖子上抹了一把眼泪，狠狠地瞪了我们俩一眼，然后就转身跑开了。

江祁本想追出去，却被我的手拽住了。他回头看我，我皱着眉头心疼地问他："阿祁，我是不是做错什么了？你没事吧？"

江祁的脸色和缓了几分，抬起手拍了拍我的肩膀，安慰我说："这不是你的错，你别多想。"言毕，江祁抬腿就往门外走。

社团活动室里只剩下我一个人的瞬间，我突然觉得这副身体轻松了起来，身体的控制权回到了我的手中。

是的，我穿越了。

我一觉醒来发现自己穿越到了一本校园小说里。穿越就算了，居然还是一本我只看了一半的书！只看了一半就算了，我居然还穿到了一个心机女配身上！最关键的是，这身体的控制权还不完全属于我——只要女主和男主在场，原主林卿就会控制这副身体！

这也让人太不爽了！

我可能是世界上最惨的一个人了！

02

第二天早上，天还下着小雨，我刚下车准备打开雨伞的时候，突然发现自己对身体的控制权又消失了。

林卿把雨伞收了起来，扔进书包里，直接走进了雨中。

这是做什么？

我正疑惑着，顺着她的视线看到了不远处江祁的背影。

林卿抓了一小缕头发下来，然后迈着小碎步跑向江祁，甜腻腻地叫了一声他的名字，然后热情地冲人家打招呼。

"你怎么没打伞，身上都湿了！"江祁擎起了雨伞，把林卿拉进了伞下。

林卿侧着脸抬手挽了挽耳边的那一小缕头发，娇羞地说道："我好笨呀，连雨伞都忘记带了。"

什么？我不由得咒骂出声。

即使看过林卿无数次"绿茶"的行为，我还是每一次都很气愤。

你笨个鬼啊！你的雨伞不是特意被你放到书包里了吗？！你这不是顺理成章地就跟人家男主共撑一把伞了吗？！

"阿祁，我等一下要出去一趟，你的雨伞可以借我一下吗？不会太久还的。"林卿眨了眨眼睛，抿着唇角微笑。

你自己有伞你借什么伞？

我又看不懂这个人要干吗了。

"可以啊，不着急，你用吧。"江祁十分爽快地答应了，刚进楼里就把雨伞借给了林卿。

林卿冲着江祁挥了挥手，看着人消失在拐角处。这时，我对身体的控制权又回来了。

"她借这把伞要干吗啊，小说里也没写啊？"我疑惑地把伞收了起来，准备先去教室，之后再麻烦别人把伞还给江祁。

谁知我刚迈上几个台阶，身体突然僵硬了起来，双眼打量了一下四周，然后又退回到台阶下。得了，身体控制权又回到林卿手里了。

这次是谁要出现了？女主？

楚晓晓看到了林卿，许是不想搭理这个"绿茶"，所以目不斜视地从她身边走过。但林卿不在意她什么态度啊，这人直接叫住了楚晓晓。

"晓晓！你等一下。"

楚晓晓身子顿了一下，好脾气地回过头，挑了挑眉毛问："有事？"

林卿点了点头，然后歪着头露出一个天真无邪的笑容："早上阿祁非要把雨伞借我，你和他一个班，方便的话麻烦你帮我还一下雨伞好吗？"

哇，原来林卿打的是这个主意，这也太无耻了吧！气死我了！楚晓晓你别理这种"绿茶"，快走啊！

楚晓晓愣了一下，眼底滑过一道失落的情绪，还没来得及反应，林卿向上迈了几个台阶，直接把伞塞进了楚晓晓的手里，对她说："谢谢你了。"

最后林卿留下了一个得意的笑。只剩楚晓晓站在原地。

03

我算着日子，估摸着剧情应该快要进展到楚晓晓参加演讲比赛的日子了。

小说里，林卿在那一天偷走了楚晓晓参加比赛用的U盘，之后楚晓晓出于无奈只能上场干讲。身为小说女主，楚晓晓在台上讲得妙语连珠、声情并茂，最后获得了第一的好成绩。林卿一气之下，把偷U盘的事嫁祸给了江祁，让男女主之间的误会越来越深。

无论是在小说里还是在这里，我都无比厌烦林卿的这种行为。我决定毁掉林卿的绿茶事业！让她好好读书！好好做人！

"林卿你这又是在干吗啊？"林卿的同桌程菲菲奇怪地问道。

我拿了两条绳子把腿绑在桌子腿上，希望用这种方式能牵制住林卿一会儿，只要男女主在那一会儿的时间里消失在林卿的视线里，我就能拿回身体的控制权了。

绑好后，我一本正经地对程菲菲胡说八道："头悬梁锥刺股听说过没？我这是开辟了另一种新方式，逼自己好好学习一把。"

"你都全年级第一了，还用这样好好学习？"

哦，对了，我只记得林卿这个人"茶艺"高超，却忘了她学习还很好。我尴尬地冲程菲菲嘿嘿一笑。

程菲菲显然也没有兴趣同我继续这个话题，欲言又止地看了看我。

"说吧菲菲，怎么了？"我问。

"你最近有一点点不一样。"

"你这说得也太委婉了，林卿这人……"

我本想吐槽一番，却一时愣住了。因为林卿和男女主不是一个班级，在男女主剧情之外很少有关于林卿的描写，所以我还真不了解林卿平时是个什么样的人。看班里同学对她态度还挺不错的，那说明林卿这人平常应该也不坏啊。学习又好，待人也行，怎么就盯着江祁和楚晓晓两个人不放了？

"我看你这个样子，中午的饭应该是不能去食堂吃了，等我回来带给你吧。"程菲菲说道。

04

中午最后一门课的铃声一响，我就趴在了桌子上，生怕男女主中谁下楼经过教室门口的时候会被林卿看到。

我闭着眼，意识有些模糊，我想起了穿越来之前做过的一个梦——

是楚晓晓在和我说话，她求我帮帮她，可是我怎么也想不起来她要我帮她什么。只要林卿一看到她，我就控制不了这副身体，那我怎么和她单独沟通呢？

我想了好久，想得头疼，便抬手揉了揉太阳穴。下一秒，我听到了少年清亮好听的声音："你怎么了？不舒服吗？"

一瞬间，我感受到林卿的意识从身体里苏醒了过来，她抬起头看着眼前的少年，微微惊讶了一下，弯着眼睛笑："阿祁你怎么来了？"

"我看你中午趴在桌子上，你是病了吗？"

"没有，我可能是有点困了。"

江祁点了点头，问道："那你吃饭了吗？"

林卿摇头，充满爱意的目光温柔地落在江祁的身上："阿祁要一起去吗？啊，晓晓不会多想吧？我怕她不开心。"

不是吧姐姐？这个时候都不忘记拉踩一下楚晓晓？我在心里翻了一个大大的白眼。

一提到楚晓晓，江祁的脸色难看了点："不提她，我们去。"

"啊，那好吧。"林卿低着头忍不住得意地勾起了唇角，刚想起身时，发现自己的腿居然被绑在了桌腿上！林卿下意识地皱起了眉头，伸手想要解开绳子，却怎么也解不开。

"给你。"程菲菲从食堂给林卿带了吃的回来。

林卿突然愣住，抬起头看了看程菲菲又看了看江祁，一时间搞不清是什么情况，也不知道该说什么。

"你同学给你带了啊，那你先吃吧，吃完了睡一会儿，我先走了。"江祁朝林卿微微点头，说完就从教室前门走了出去。

"啊？你有哪里不舒服吗？"程菲菲疑惑道。

我捂住嘴巴，又惊又喜地看着程菲菲："菲菲你简直是我的大恩人！"

我之前只想着自己如何阻止林卿和男女主见面，这样往往太过被动了，可是今天我发现其他人是可以打断林卿的行为的！

"菲菲，麻烦你帮我跑一趟，帮我送个字条给楚晓晓！"

我在字条上写的是：我来了，你求我做的是什么？

程菲菲很快去了又很快回来了。

她说楚晓晓看到字条之后压根看不懂字条上的内容是什么意思，还问她这是怎么回事。

我嘱咐程菲菲别说是我给她的，程菲菲也不知道该怎么解释，就直接回来了。

我双手撑在下巴上，一脸失落。原本还以为找到了什么线索呢。

05

"喂。出来。"一个少年走到我的座位旁，手指碰了碰我的头发。

我还没来得及看清他的脸，他就走出了教室。

这人是谁？我转头看向程菲菲，程菲菲摇了摇头。

我跟着走了出去，少年带着我走到了没人的储物柜后。他转过身正对着我，这时我才完完整整地看清了这个人。

如果说江祁是那种温和耀眼的俊美，那么眼前的少年则是完全相反的，那是种具有攻击性的俊美。

他明明只是安静地站着，我竟然有种莫名的心慌感。我实在想不

162

出他是谁。我猜这个少年要么是小说里根本没提到的人，要么就是我没看过的后半本书里的人。

"楚晓晓的。"少年向我递过来一个U盘。

U盘？难道是楚晓晓演讲的那个？可是小说里明明说的是林卿自己去偷的啊。

我咬了咬嘴唇，刚想伸手接过，少年却避开了我的手。等我再去拿的时候，他把手抬高了。

少年很高，林卿的个头只到他的胸口处。

"说好给我，怎么反悔了？"我直视着少年的眼睛，学着林卿平常的表情抿着唇冲他笑。

少年收回手朝我靠近，我下意识往后躲，身体撞上了身后的柜子。等他俯身靠近我的时候，我已经完全动不了了。

他抬起手撑在我身后的柜子上，玩味地勾起了唇角。良久之后，他凑在我的耳畔问："你究竟是谁？"

他居然在问我是谁？

突然听到这种话，我的心脏猛地一颤，极力稳住面上的表情，笑着回答他："别傻了，你在说什么胡话呢，我不是林卿又会是谁呢？"

"可你不是林卿啊。我怎么知道你是谁呢？"少年低下头，一只宽大的手掌牢牢地圈住了我的手腕。

"你是不是误会了什么……"

"呵。"他抬起了眼，直直地盯着我看，他明明对我笑出了声，笑容却冷到了极点，让人不由得心底发寒。

我唇角的笑意彻底僵住了，此刻竟然很想林卿出现。

少年修长的食指一下又一下地划过我手腕上的血管，他胁迫般地开口道："说吧，怎么回事，你最好不要骗我哦。"

少年的威压让我有些动摇，我咽了口唾沫，在心里权衡了一番，而后面无表情地开口问道："如果我说，你生活的世界是一本书，而我是这本书的读者，某一天突然穿越到了书中的女配角林卿身上，你信吗？"

少年皱起了眉头，似乎被这个荒唐的回答搞得很无语。

"你看，我说了实话你又不信。"我也很无语。

少年松开了我，站直了身子，居高临下地打量着我。

我笑了笑："你可以不相信，但我说的都是真的。我不知道这个U盘是不是林卿要你偷的，反正到时候就算楚晓晓没有这个U盘也会取得第一名，因为她是女主。"

我顿了顿，继续道："之后林卿会选择陷害江祁，不过我会努力阻止这件事情发生。哦，对了，演讲比赛结束之后的一个礼拜，音乐厅二楼会突然塌了，不过不会有人员伤亡，只有江祁和楚晓晓会被困在里面。"

"那就试试看。"少年微微颔首，把手里的U盘递给了我。

这一次，我从他的手里拿到了U盘。

"你怎么知道我不是林卿？"我问他。

"如果你说的都是真的，那下次我就告诉你。"

"你也可以只当成一个笑话听听。"

少年挑唇一笑，眼睛里闪烁着狡黠的光："或许我能帮到你呢？"

不知道为什么，我会对这个阴晴不定的俊美少年产生莫名的信任感。可能就像他说的，或许呢？或许他能帮到我呢？

回到教室，我刚坐到林卿的位置上就不小心把她的笔记本碰掉了。我俯身捡起笔记本的时候，一张纸从笔记本里掉了出来，我看着纸上写的一句话，突然被惊吓地汗毛倒竖，握着纸的手都不受控制地颤抖着。

纸上写的是：我知道你的存在，你不要妄图控制我的身体。

我深吸了一口气，左手握住右手的手腕，右手握着一支笔，在纸上写下字。

你现在在吗？

我等了很久，这副身体没有给我任何反应，我只好把这张纸揣进了兜里。

我在脑海中思索了好一阵林卿最近做过的事情，但丝毫没有发现她有什么异常。林卿是如何知道我的存在的？又是怎样写下了这些话？下午就是演讲比赛了，等去了音乐厅的时候，林卿必然会出现。

我摸了摸衣兜里的U盘，把它紧紧捏在手里。把U盘毁了，林卿就没有机会陷害江祁了，我这么想着。

06

上午最后一节课是体育课，我和体育老师请假说不舒服就溜走了。

我偷偷进到了学校计算机室里，在心里想好了另一个计划。

我把U盘插进电脑里，查看里面的内容。果然是楚晓晓的演讲稿。我毫不犹豫地把演讲稿的内容都删除了，然后打开了桌面上的备忘录，快速输入着文字。我丝毫不敢慢一点，生怕出了什么意外。

等我打完字之后，我把备忘录的文档拖进了U盘里，再把电脑上留存的记录给删了干净。

我刚把 U 盘攥在手里，一抬头，楚晓晓的脸突然出现在我眼前！

我意识一晃，再次睁眼时，这双眼睛的眼底闪过了一丝迷惘和意外。

"你怎么在这里？"楚晓晓在隔着几个机位以外的地方坐下了。

林卿笑了笑，看着手掌里的 U 盘平静地开口说："我也很意外啊，怎么会这样呢？"

林卿你在吗？我问。

林卿微微一笑，看向楚晓晓的方向。

林卿你是怎么知道我的存在的？我又问。

"晓晓，下午加油哦！你一定会取得好成绩的！"林卿朝着楚晓晓温柔开口，可眼里没有半点真心。

"那就借你吉言了。"楚晓晓连头都不抬地敷衍了一句。

林卿见状也不恼，也没有半点要离开的意思。

林卿林卿林卿林卿！

我一遍又一遍地喊着她的名字，可是她还是没有反应。

她把 U 盘揣进兜里时，手指碰到了一张纸。她把纸掏了出来，打开看了内容，一侧的嘴角嘲讽地勾了起来。

等下课铃响了起来，楚晓晓起身要离开的时候，林卿也终于站起了身，她叫住了楚晓晓："晓晓，中午一起吃饭吧！"

我怀疑林卿想要一直跟楚晓晓在一起，防止我的出现。

林卿吃完饭又陪着楚晓晓到音乐厅彩排，等楚晓晓发现自己的 U 盘没了的时候，她站在没人的角落里，手里玩弄着楚晓晓的 U 盘，冷眼看着这一切。

看到这里我突然意识到什么，张口就来了一句：林卿是不是嫉妒楚晓晓啊。

"你胡说！"林卿突然低声狠戾地开口。

我愣了一下，继而又试探地问道：不是嫉妒？那你为什么总是陷害她、针对她，你不就是觉得自己比不上楚晓晓吗？

"你闭嘴！我才没有！"林卿的视线落在不远处楚晓晓的身上，她攥紧了拳头，狠狠地咬着牙齿。

"原来你一直都能听到我对你说话啊，林卿。"

林卿怔了一下，反应过来后幽怨地开口："你耍我？"

"被耍的是我好不好？原来我每次骂你……不是，我每次说话的时候，你都能听到！那你为什么不回应我？"

"我为什么要回应你？怎么做是我的事情，我愿意做什么都与你无关！你要明白入侵者是你，你明明是个小偷！"林卿第一次这样气急败坏地回应了我这么一大段话。

"我不是小偷，我是来拯救你的。你是校园小说里的女配，你注定不能和男主在一起。"

"呵呵，我凭什么就一定得是女配？楚晓晓哪儿比我好了？凭什么她就能是女主？"

我沉默了一会儿，斟酌了一番言辞，继而再开口："对不起，我不应该说你是女配。可无论是在书里还是在现实世界，用坏的手段去破坏相爱的人就是不对呀。你好好想想，你是真的喜欢江祁吗？"

"我……我当然喜欢了。在我哭的时候，在江祁为我递了一张纸巾的那一刻，我就喜欢上他了！"林卿开始和我说她第一次和江祁见面的事情。

我叹了一口气，那是小说里一句话带过的事情，却在林卿心里成了不可磨灭的执念。

我又问她："你知道晕轮效应吗？"

林卿不说话。

我继续道："晕轮效应就是人际知觉中所形成的以点概面或以偏概全的主观印象。"

"你说人话。"林卿不耐烦地说。

我清了清嗓子，给她解释："就是你因为江祁对你一次的好，就觉得他什么都好。其实你也没有那么了解他、喜欢他。你还小，又这样优秀，你迟早会遇到一个满眼都是你的人，而不是要你费尽心思去接近、去破坏才能得到他的人。"

"你……"林卿想要说什么，却在话语涌到嘴边的时候又咽了下去。

"怎么了？你说。"

林卿没有回答，而是转身朝门外走去。

离开了有楚晓晓的地方，林卿身体的控制权又一次转回到我的手里。她可能是第一次听到这些话，一时间想要逃避也可以理解。但是等会儿她不还得回来吗？想着，我走进了音乐厅的观众席，坐到了班级所在的位置。

程菲菲凑到我身边，小声问我："听说楚晓晓的U盘没了，等一下要直接上台干巴巴地演讲。"

我点了点头："祝她好运吧。"

我坐在位置上，突然困意袭来，眼皮沉重地抬不起来。我打不起精神，索性就闭上了眼睛。我记不清我看到的是什么了，但我心里感觉得到，眼前这一切一定就是我穿越来之前的那个梦。

我看到的好像是多年之后的楚晓晓，她的头发已经很长了，眸子却还是那般清澈，她说："求你帮帮我。"

"我怎么能帮到你呢？"我奇怪地问。

"只有你。只有你能帮到林卿，帮帮她，让她一开始就不要走错路。只要我能和江祁互相确定心意，你就能回到你的世界里了。"

我没来得及再说话，只听得身边一阵喧闹，意识突然清醒了过来。

我看到楚晓晓站在台上，身后是大屏幕，屏幕上好好地放着 PPT，可那上面的内容竟是我用江祁的口吻和楚晓晓说的情话。

这不是公开处刑吗？

我倒吸一口气，连忙问林卿："你把 U 盘还给楚晓晓了？"

林卿"嗯"了一声，她看着眼前的一幕也有点意外，手指有一搭没一搭地点在座位的扶手上。

我一口气提不上来，憋得我直难受。

"你这不也是想要给楚晓晓使坏吗？"林卿小声开口，扬了扬尾音，觉得好笑地又问了一下，"嗯？"

我气极："谁知道你突然这么好心啊！我以为你会继续陷害江祁。本来我计划着当楚晓晓和江祁吵架的时候，让楚晓晓发现 U 盘里这段感人肺腑的话，从而解开两个人的心结，让他们重归于好的！"

"哈哈哈哈。"林卿没忍住，大笑出声。

程菲菲听到声音转头看向林卿，瘪着嘴说："你也觉得很好吧！我酸了我酸了，我太羡慕楚晓晓了，江祁这也太有魅力了！"

林卿挑了挑眉，应了一声，然后抬起手摸了摸程菲菲的头发，温柔道："那就继续看吧。"

程菲菲的小脸微微一红，羞涩地点了点头，转了回去。

"我的天？林卿你还有这种魅力？怪不得程菲菲之前说我，最近有一点点不一样。你居然连小姑娘都照撩不误？你还是真是个'茶艺'大师啊。"

林卿没搭理我，说回了男女主："放心，你的目的还是会达到的。"

我没有吱声，我怕林卿又想别的歪路子。

07

第二天我刚到教室，程菲菲看到我的时候，不由自主地惊讶出声："你黑眼圈怎么这么重！"

我伸出食指挠了挠眼下的肌肤，不知道该怎么说。昨晚我因为一直在想着林卿说过的话，一晚都没睡。

她说我是入侵者，是小偷。她说的有错吗？

没错。

我每天都和林卿的父母一起生活，去她的学校里上课、做活动。我现在穿的是林卿的睡衣，躺在林卿的床上，身上散发着林卿的沐浴露的香味。那我可不就是在偷她的人生吗？我很想回到现实世界，那林卿又何尝不是想要她的生活能够正常进行呢？

程菲菲看着我愁眉苦脸的样子，赶紧出去了一趟，再回来的时候，把手里拿着的两大盒巧克力派递给我。

"怎么回事？"

"你最喜欢巧克力派了！吃完了心情就会变好的！"

我垂下眼看着手里的巧克力派，看见的是程菲菲对林卿的这份友谊。更沉重的亏欠感缠绕在我的心头，久久挥散不去。我想和林卿好好谈一谈，便趁着午休的时候跑到江祁和楚晓晓的班级外。

U盘的事情确实改变了些剧情。

当林卿有了意识的时候，她第一眼看到的就是楚晓晓对着江祁笑意绵绵的样子。我明显感觉到林卿握起了拳头，绷紧了脊背。

林卿正气在头上，我一时间没敢开口和她说话。

这时，楚晓晓突然转过头，视线和林卿对上了。林卿的眼底滑过一抹厉色，而后瞬间隐藏了真实的情绪，天真无邪地冲楚晓晓笑了笑。

江祁也看到了林卿，想要出来却被楚晓晓拦住了，不知道他俩说了什么，等再出来的时候，就是两个人一起站在林卿面前。

"晓晓恭喜你啊，我就知道你一定可以的！"林卿冲楚晓晓开口说话，目光却落在江祁身上。

"楚晓晓的U盘是你改的吗？"江祁没顾楚晓晓的阻拦，直截了当地质问林卿。

林卿愣了一下，摇了摇头，无辜地瘪起了嘴："阿祁你怎么会这么想我呢？是不是有人和你说了什么？我怎么可能对晓晓做这种事！"

林卿看似难过至极地低下头，唇角却翘了起来。

下一秒，楚晓晓开口道："可是，计算机室的监控会骗人吗？我看得清清楚楚，你拿的是我的U盘。"

什么？她居然发现那天的事情了！我大吃一惊。

林卿唇角的笑意一僵，她也同样没想到楚晓晓居然去查了监控！

"你看，我就说是她！"楚晓晓对着江祁大嚷，然后上前抓着林卿的手腕，迫使她看着自己，"你为什么这么做？"

林卿直视着楚晓晓，沉默了。

偷改U盘里的东西的人是我，所以我着急地对林卿说：是我做的，林卿！你和她说是我的原因！她会知道的！

林卿没有听我的话，而是转过头看江祁，像是要认真确认些什么，她问道："你也觉得是我吗？"

江祁皱起了眉头，有些不忿，冷声开口说："和楚晓晓道歉。"

他居然都没有一点相信自己的意思，而是全心全意地偏向楚晓晓？为什么？林卿看着江祁愣了很久，她的脸色冷了下来，眼眶慢慢泛红。

最后林卿自顾自地喃喃道："果然你什么时候都会选择楚晓晓，毕竟我只是个女配。"

我有些心疼地叫了叫林卿：林卿，你不是女配，你就是你自己！是江祁配不上你！

林卿有些哽咽地嗯了一声。江祁没听清林卿都说了什么。但一旁的楚晓晓的眼睛却亮了起来！她突然想到了些什么！

林卿要转身离开，楚晓晓就追在后面。当还剩几个台阶林卿就要下到平台的时候，楚晓晓突然抓住了林卿的衣服。林卿被这样一抓，整个人没站稳直接往下倒去。楚晓晓也没站住，也直直地跟着倒了下去！楚晓晓叫出了声，最后摔在了林卿的身上。

赶来的江祁赶紧把楚晓晓扶了起来，着急地询问她怎么样。楚晓晓哭着喊疼。两个人全程没有看林卿一眼。

林卿死死咬着嘴唇，没发出一点声音，她微微颤抖着身子，不知是在忍着疼还是难过。我的内心也跟着林卿颤抖着。

这时，楚晓晓让江祁赶紧把林卿扶起来："是我误会了，不是林卿改了我的U盘，你快去帮忙。"

听到楚晓晓的话，江祁也没多想，赶紧再去扶林卿，却被林卿一把推开了。

林卿爬了起来，扶着楼梯栏杆，一瘸一拐地往下走。

我听到林卿带着哭声对我说："对不起，我太疼了，我坚持不住了，你一定要在。"

我说：好，我一定在。

林卿走到拐角处的瞬间，我倒吸了一口凉气，感觉浑身上下像是要被疼痛撕裂了一般，胸口也是一阵一阵地抽痛。

嘶——真的好疼啊。

08

楚晓晓带着江祁来向林卿道歉，她像往常那样亲昵地对待他们，并接受了道歉。但林卿又和往常变得有些不一样了。

她现在比以前更爱缠在男女主身边，但是不再像之前那么绿茶了。有时候她都不怎么喜欢搭理江祁，反而更爱逗我玩。

周末，她约了男女主出来学习，自己坐在两个人对面一直埋头在手机上打字。

林卿：你是不是借着我的身体就能随便吃喝，不用担心长胖啊？

我：我本来也不担心好吗？我本体可是个身材匀称的美女，美貌和你相比只多不少。

林卿：喊，吹牛谁不会，我得真正看了才会相信。

我：那你也得有机会啊，等你对面这两个人互相确定了心意，我就能回去了，嘿嘿嘿。

林卿听我这么一说，手机"啪"地拍在了桌子上。对面两个人被吓了一跳，抬起头看她。

林卿弯着眼睛甜甜地冲着江祁笑着说："阿祁，你陪我去买点喝的吧。晓晓你想喝什么？发过来我们给你带。"

不等楚晓晓回答，林卿直接走到江祁身边，当着楚晓晓的面暧昧地伸出一根手指戳了戳江祁的胳膊。

不是吧？你怎么又开始了？！

林卿又开始不理我了。

……

音乐厅传来一声巨响。

我猫着腰躲在音乐厅外的一棵树后面看着。

"不用叫人来救楚晓晓和江祁吗？"耳边突然传来低沉的男声。

我挥了挥手，回答他："没事儿，等会儿会有人来救他们的，现在他俩肯定在里面交心谈话呢，再加上上次U盘的助攻，他俩肯定马上就能确认心意了。"

我说完突然愣了一下，这是谁跟我说话啊？

我一转头，一双漂亮却闪烁着冷光的眼睛正盯着我看。

我吓了一大跳，眼前的少年不就是前两天那个阴晴不定的人吗？

我埋怨地吐槽道:"你这人怎么神出鬼没的？"

"你还是第一个敢这么和我说话的人。"

"那当然了，别人没和你说话之前就得吓死，我自然是第一个了。"我补了一句。

少年深邃如海的眸子盯着我看，眼神意味深长。

"你也看到了，我说的都是真的，那该你说了。"我毫不畏惧地回视着他的眼睛，面无表情地问他，"你又是谁，是怎么知道我不是林卿的?"

少年挑唇一笑，声音也是愉悦的:"因为我的眼里从来都只有你一个。我嘛，我是你未来的总裁大人。"

言毕，少年突然在我眼前消失。我伸了伸手，什么都没碰到。

像是梦一般的场景，又留下莫名其妙的话，我都有点怀疑那个阴晴不定的少年是否真实存在过。我摇了摇头，看见有人在音乐厅门口大喊救命，这才放心地离开了。

09

自从林卿变得有些正常了，我倒是希望她能多多出现一些，因为平日里跟她斗嘴已经成为我的一种乐趣了。

不过说来也奇怪，林卿控制身体的时候，我的意识还是能够正常和她说话的。但等到我控制身体的时候，林卿的意识却彻底消失了。

我为了把林卿叫出来，中午去吃午饭的时候，早早地就去了食堂门口，等男女主出现。

看到江祁的瞬间，我身子一僵，林卿出现了。

江祁看到林卿自己站在门口，问她："要一起吃饭吗？"

"不了。"林卿看了看江祁，淡淡地回了句，然后转身去打饭。

林卿端着餐盘，坐到一个能看到江祁但没什么人的角落。

我赶紧和林卿邀功："林卿！你真的应该好好感谢我！我今天帮你写了篇论文，写得我手都酸了！"

林卿眉头一挑，问道："我为什么谢你？我不想写作业就可以不写。"

我忘了这人是全年级第一，老师的心头好，有不想写作业就可以不写的权利。我委屈地哼哼了几句。

"怎么不说话了。"林卿问我。

我支支吾吾地说了一句："林卿，我有点想家了。"

"是吗？"

"嗯，林卿你不想家吗？虽然你每天都能回家，但是那也不是真正意义上的你，因为每天看到你父母的人是我。就像你说的，我是个入侵者，你只能在看到江祁和楚晓晓的时候才可以是你自己。"

林卿的筷子顿了一下，而后她又夹了几筷子就不吃了。她拿出一张纸巾，慢条斯理地擦了擦嘴巴，又整理了一下校服袖口，然后才再次开口："我问你，你想回家吗？"

我想回家。

我这么想的，也这么回答了。

"好，我帮你。"林卿说完就起身把餐盘送到回收处。接着，直直地冲着江祁的方向走去。

林卿手指微曲，在桌面上敲了敲，看到江祁抬头之后同他说："等一下带上楚晓晓到社团活动室。"

得到江祁同意的回答后，她嘱咐我先去社团活动室等着，等他们都来了之后，事情她来解决。

我照着做了。心里又期待又担心，林卿真的会帮助我回家吗？

社团活动室里，江祁和楚晓晓坐在林卿的对面。

"怎么了？"楚晓晓先开口询问。

林卿双手环抱在胸前，深深吸了口气后做出开口讲明的姿态："马上就要考研了，也别耽误了学业，有什么事情，就提前说明白，避免以后再有什么误会。我先问你江祁，你到底喜不喜欢我？"

江祁没想到林卿问得这么直接，愣了一愣，可能是怕伤了林卿的自尊心，很委婉地对她说："我一直把你当妹妹的。"

林卿没有丝毫难过，点了点头，迅速地问了下一个问题："那你喜不喜欢楚晓晓？"

江祁刚一听到这句话，一口唾沫呛在了嗓子里，红着脸咳了半天。

楚晓晓压根没想到林卿会这么问，白皙的小脸猛地泛起了一层绯红。她是很不好意思，却很期待江祁的回答。

林卿有些不耐烦，催促了些："江祁你别磨磨蹭蹭的，今天赶紧都说明白了，别耽误别人回家。"

显然江祁的注意力还在之前的那个问题上，一点也没意识到什么回不回家的话，高大的少年此刻倒是比楚晓晓还害羞，他微微低着头回答道："喜欢……很喜欢。"

楚晓晓满脸感动，想要表达爱意的话还没来得及说出口，林卿先一步打断了她："你俩要确定心意就赶快啊，我在门口站一会儿就走。"

言毕，林卿站起身就往门外走，想了想又顺手把门关上了，她站在窗边看着里面的两个人。

我没想到林卿居然这么主动这么迅速地就把剧情推进了。

我问她："你今天是怎么了？"

"你不是想家了吗？"林卿平静地开了口，我却听出了一丝落寞的意味。

"林卿，你不会是想赶紧把我送走，然后再去追江祁吧？"

林卿倚着墙壁，冷哼一声："你放心吧，我以后只会喜欢满眼都是我的男人。"

我不知道林卿是不是在说气话，我想刚才江祁拒绝她时那般坚决，她大抵是有些难过的，便想安慰安慰他。

"你可别安慰我啊，我是真的不喜欢他了。"林卿说得彻底而洒脱，"我刚才只不过是走个过程，顺便问问。"

我问："那万一他选择的是你呢？"

"你不是说他俩是男女主吗？"

言外之意，林卿是足够相信我说的话了。

不知道为什么我突然心情有点复杂，一时间想对林卿说的话太多了，但不知道从何说起。

林卿张了张嘴，像是最后的道别那样对我说："喂，那就祝你回家快乐了。这段时间，谢谢你。"

"是我更应该谢谢你！"

林卿笑了笑，转身往外走。

这一次，我没有感受到身体的控制权转到我手里，只觉得眼前突然一黑，再后来，什么都意识不到了。

10

我没了意识。

再之后只觉得自己的身体一直在向下落，落了好久好久。最后身子狠狠地砸了下来，我才开始有了意识。

我掀开了一点儿眼皮，眼前从无尽的黑转换成了刺眼的白，我适应了好一会儿才能完全睁开眼睛。

"你终于醒了！吓死我们了！"

我看到了楚晓晓和江祁的脸。

嗯？怎么会是他们的脸呢？我没有回到现实世界？

我突然变得异常清醒，错愕地看着眼前的一切。

为什么？为什么明明男女主都在我眼前，可是林卿不在了？这副身体的控制权也变成我的了？

江祁看我要爬起来，便扶了我一把，我顺着动作直接抓住了他的手，不顾他的挣扎，两只手都紧紧地抓着他！我一双眼睛直直地盯着他看，我在心里一遍又一遍地念着林卿的名字，可是……林卿没有给我回应！

林卿没有回到身体里！她怎么了？！

"你没事吧？"楚晓晓意识到我的不对劲，抬手摸了摸我的头，然后安抚地拍了拍我的后背，"没事的，你冷静一下。"

说着，楚晓晓挣开了我紧紧握着的江祁的手，她把江祁支出去，让他去买两瓶水。

医务室里只剩下我们两个人，我看着楚晓晓，却依旧没有任何反应。

"你不用担心，林卿会没事的。"楚晓晓说。

"你知道这一切？"

楚晓晓点了点头，对我解释："上次我质问林卿为什么改我U盘的时候，我听到她小声说的话了，那个时候我才意识到你真的来了。我也该想到，那些内容不是林卿能写出来的，她怎么可能会帮我呢？"

提到林卿，我又愣了好一阵儿。没想到回去前我都不能同林卿好好道个别，一时间真的特别舍不得。我麻烦楚晓晓给我拿来笔纸，我打算给林卿写封信，然后再把身体完完全全地还给她。

我写完信之后，把信揣进了林卿的衣兜里，再三嘱咐楚晓晓以后千万不要欺负林卿。可是我又想了想，从来都是林卿欺负楚晓晓，哪轮得着林卿被欺负啊。

想到此我又笑出了声，看着楚晓晓说："要和江祁幸福下去。还有，林卿其实人挺好的，多帮我照顾照顾她。"

得到了楚晓晓的肯定回答后，我又躺了回去。

我以为最后的一场梦里，我至少会回忆起这段时间的事情，可是那段梦里，什么都没有。

再见了。

林卿。

11

头疼得要命，像是睡多了之后的疼。

我睁开了眼睛，眼前终于是一片熟悉的样子了。我爬起床，看到右手边还放着之前只看了一半的校园小说，我连忙拿起书翻了翻。

书里面的内容还是我之前看到的那些，没有丝毫改变。林卿还是那么"绿茶"，那么烦人。一道落寞滑过眼底。

我叹了一口气，合上了书，莫名地委屈："原来这都是我的一场梦啊。"

正当我感到鼻尖一阵酸楚，眼眶里的泪水就快要掉下来的时候，我的大脑里突然出现了一个声音。

"喊，就这样还美女呢？就这样还比我只多不少呢？"

这声音太熟悉了！

"林卿？！"我惊喜地叫出了声，"你怎么跟我回到现实世界了？你这是穿越到我身上了？"

我听到林卿冷笑一声，她虽然是一副嘲讽的语气，却丝毫掩饰不住她的雀跃。

林卿说："你还不知道你是霸道总裁小说里的白痴女主啊？我可是来拯救你的啊。"

END

廖彤彤心有不甘，好不容易有个发财的机会，就算环境不行她也要创造环境。

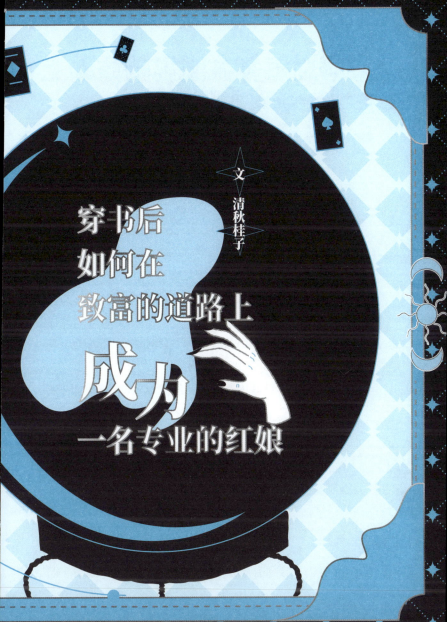

穿书后
如何在
致富的道路上
成为
一名专业的红娘

文 清秋桂子

穿书后如何在致富的道路上成为一名专业的红娘

 清秋桂子

热爱脑补，止于动笔，提笔就废。

01

一睁眼看见的就是一个丫鬟模样的人焦急地对她说："小姐，你总算醒来了，你晕了好些天，可急死我们了。"

她冷静了三秒钟，这是穿越了？

她淡定地坐起身，张了张口，嗓子有点哑："你先给我倒杯水。"

一口饮尽，她擦了擦嘴："我头有点晕，发现自己一下子什么都想不起来了，你是谁？"

丫鬟大惊失色："小姐，我是小红啊，你连我都不记得了吗？"

"别嚷嚷。"她赶忙制止，"现在我问你答，别说废话。

"如今哪朝哪代，我叫什么？我爹妈叫什么？我家是做什么的？几口人？"

丫鬟忧心忡忡："如今大宁正安六年，小姐姓廖，乳名彤彤，老爷乃铁掌门门主廖霸天，小姐还有个哥哥，名叫廖飞龙……"

很好，那她现在就叫廖彤彤了，名字听着有点耳熟，

184

架空，武侠，她这是穿进书里了？平时小说看得太多，一时半会儿也想不起来穿的是哪本书。

她继续问关键信息："江湖上有哪些出名的人物，我是怎么晕过去的？"

"江湖上出名的可多了，天魔剑李萧寒、万风鞭古月行，还有小姐的表兄朔风枪于洗尘……至于您是怎么晕过去的，"丫鬟迟疑了一下，"小姐，您看上了前来做客的何公子，要老爷去说媒，结果何公子没答应，您一气之下跑出去不小心撞到头，就晕过去了。"

一摸头，头上果然缠着纱布。

这是什么狗血剧情，她在心里撇撇嘴："哪个何公子？"

"就是前月来投奔老爷的何司朗何公子，他原是老爷故友的侄子，因家道中落才投奔到我们这里来。"

她想起是哪本书了，书名不记得了，写的是主角何司朗一路打怪升级的经历。只是这本书的结局别具一格，主角满级后痛恨江湖黑暗，不愿与那些道貌岸然的武林人士同流合污，一怒之下以一己之力摧毁大半个武林根基，从此尘归尘土归土，一切随风而逝。

这书里但凡女的都对主角有好感，男的都嫉妒憎恨主角，帮主角的高风亮节，不帮的心胸狭隘。就这种烂套路爽文最后还来个同归于尽的结局，作者估计也是写不下去了。

廖彤彤身为一个打酱油的女配，顺应套路看上了主角，并让她爹去逼婚，后来逼婚不成反而坑了整个铁掌门。

既然穿都穿了，她也有点自知之明，一不打脸，二不逆袭，就她全家这种起名风格也不是主角命，什么发展门派武学扩展势力这种费脑子的事她也没兴趣。

这可是本升级型小说，主角一路上掉那么多装备，随便弄点倒卖就发财了好吗！要什么天下第一，发财不香吗？

廖彤彤跃跃欲试，有了钱想吃什么吃什么，想喝什么喝什么，这不就是她梦寐以求的生活？

"先不管这些了，你去给我拿纸笔来。"廖彤彤准备好好回忆一下主角的升级路线。

02

廖彤彤正回忆着，房门忽然一下被打开了，一堆人"呼啦啦"冲进来。

"我可怜的儿啊！"一个打扮很贵妇的女人扑了过来，"你受苦了，老爷，姓何的小子太不识抬举了，我家就这么一个宝贝女儿，愿意下嫁给他，他还敢于拒绝……"

"娘，您放心，那姓何的小子若是不肯，我绑也要把他绑来。"说这话的是站在后头的一个人高马大的小伙子。

最后眉头紧锁的中年男子捋了捋胡子："切不可如此莽撞，免得叫人白白看了我们廖家笑话。"

人物关系还是很好区分的。

廖彤彤清了清嗓子："爹娘，不必了，我不想嫁给他。"

"怎么？是不是那小子欺负你了。"她哥立刻说道。

"这倒不是，只是我突然觉得，"廖彤彤思索了一下，"何公子貌丑。"

霎时间，满屋子都安静了下来，其他人面面相觑。

廖彤彤有点紧张，这理由应该没什么问题吧？书里基本没有描写何司朗的外貌，顶天了也就是个眉目清秀。

"我妹妹果然是眼界高。"她哥廖飞龙率先打破了沉默，"早看那小子贼眉鼠眼不是什么好东西。"

"这……何世侄样貌倒也不至于……"她爹迟疑了几分，"罢了，既然彤彤你没了这个心思，爹就给你另觅良缘。"

"对对，娘这就去帮你把各家适婚公子都询问一遍，你慢慢挑选中意的。"

还来？！

廖彤彤赶紧制止她娘："不用了爹娘，实不相瞒，女儿，女儿已有中意之人。"廖彤彤情急之下故作娇羞地说，"便是那天外之仙孤云鹤，女儿在梦中窥见他于月下舞剑，许下心愿，此生非他不嫁。"

孤云鹤是书里一个戏份极少的背景板，但是长相很出挑，作者用了一大堆花里胡哨的词语来形容他长得有多出众，这人设定还是什么银发赤瞳，迷倒万千少女。

喜欢这么个人物合情合理，而且这哥们常年不见踪迹，她放话出去非他不嫁也省事。

一屋子的人又一次安静下来。

"儿啊，你就算倾心也要找得到人啊。"她娘忍不住了，"孤云鹤就是一个江湖传说，有没有这人还不一定，就算真有，他多大年纪你不知道，是死是活你也不知道，你这算哪门子的非嫁不可？"

"娘，我这个梦不寻常，想是我们前世修来的缘分，今生一定能结缘。"廖彤彤态度坚定。

"彤彤，要不你还是考虑一下那姓何的小子吧。"廖飞龙试探着问，

"虽然长得不怎样，但好歹是个大活人啊。"

正在门外的何司朗：……

何司朗是过来找廖霸天赔罪的，廖彤彤这事归根结底因他而起，谁知一到门口就听见廖彤彤嫌他丑。

"何公子怎么站在门口不进去啊？"小红这时过来了，她把门打开，就见满屋子的人齐刷刷望向门口，气氛十分尴尬。

廖彤彤一抬眼就看到了门外的何司朗，何司朗这人长相不说有多惊艳，但也当得起相貌堂堂这四个字。好像有点打脸了，不过孤云鹤颜值爆表，也还撑得住这个理由。

只是一家人在背后议论别人长相并被本尊听到，这就有点不大合适了。

何司朗此时的表情过于古怪。

"何世侄你来了，彤彤已无大碍。"廖霸天解围，"方才彤彤说有些困，我们就不打扰她休息了。"

"对对，劳烦何公子来看我，但我乏了，还请不要见怪。"廖彤彤赶紧顺着台阶下。

"彤彤你好好休息，那我们先走了。"一群人目光游离地出了门。

小红看着这场面觉得莫名其妙。

03

廖彤彤一门心思规划她的创业计划，也没闲心去管什么何司朗，左右不过就是她纠缠了人家一顿，又不是什么大问题，谁知她哥廖飞龙跟何司朗呛了起来。

一问缘由才知道是为了铁掌门大师姐雅静，这就耐人寻味了，廖彤彤回忆起书里好像提过一两句雅静对何司朗也有点意思。

男主这万人迷体质真够要命的，合着她退场了又替补上来一个？

廖彤彤真心觉得何司朗简直就是个祸水，搞得她家宅不宁。为了避免这档子破事把铁掌门拉下水，她得想办法撮合廖飞龙跟雅静。

"这是什么？"廖飞龙疑惑地看着廖彤彤递给他的小本子，翻开一看，第一页歪扭扭写着：撩妹速成三十招。

"谁写的这破字，鬼画符一样看都看不清。"

并不习惯用毛笔的廖彤彤：……

"这不是重点，你将就着看，这上面的招数是我精心给你总结的，有了它，保证你跟雅静姐的关系突飞猛进，从此什么何司朗、李司朗都是路人。"

"小孩子家家的胡说八道什么？"廖飞龙瞪了她一眼。

"咱们明人不说暗话，你喜欢雅静姐就去追。年轻人，就是要敢爱敢恨。"廖彤彤拍了拍他的肩膀，"哥，我看好你。"

从"死鸭子嘴硬"到"真香"只用了三天时间。

"彤彤，你能不能再教我两招？"廖飞龙找到她。

"明天起，你每天抽出半个时辰来我这里特训。"廖彤彤上下打量了他两眼，底子还行，颜值在线的话就好办了，"咱们争取一个月内出师。"

雅静的性格比较沉稳，懂事大方，她并没有直接对何司朗表达过什么，原书里也就是稍稍点了一下，毕竟主要剧情还是廖彤彤死缠烂打。

既然不是一门心思挂在何司朗身上，撮合起来没有太大阻碍。

"首先是穿衣风格，尽量穿纯色系，可以带暗纹，显得低调又有内涵，你再换个发型。"廖彤彤给廖飞龙制定了一个偶像培养计划，"最重要的是气质，霸气十足跟可爱粘人要切换自如，没事练练眼神，学会用眼神传达你的情绪，时刻注意形象管理……"

"等等，你说慢点。"廖飞龙拿着小本本在一边记笔记。

"这本情话大全你收好，精选话术，追妻必备。"

"这，这些话也太恶心了吧。"廖飞龙翻了两页就看不下去了。

"追媳妇你管什么恶心不恶心，面子可以不要，脸皮一定要厚。"

何司朗发现最近诸事太平，平时爱找他麻烦的廖家两兄妹不知道鬼鬼祟祟在干什么。不过只要和他没关系就行，再过一阵子他就可以离开廖家了。

今天是雅静的生日，如果没有意外，廖飞龙表白成功率非常高。趁着月黑风高，廖彤彤偷偷跟在后面。

我的天，居然发展这么快了！

廖彤彤看见他俩走到园子凉亭那里，廖飞龙猝不及防伸出手，气势十足，他好像还说了什么，廖彤彤隔得远听不清，她往前挪了一点。

此时云开月明，月色洒在亭前，正好照见廖飞龙微醺的脸。他眼里盛满了细碎的光，深情得让人心悸。

廖彤彤瞪大眼睛，她看见雅静的脸"蹭"地红了，简直就是满脸春色。

廖飞龙厉害啊！学以致用，孺子可教，不枉费她培训了他一个月。

这会儿气氛好得不得了，天时地利人和，廖彤彤眼睁睁地看见两人亲上了！

啊啊啊啊啊！

廖彤彤在心里发出土拨鼠般的尖叫。

可以的！廖飞龙你媳妇有了！孩子名字我来起！

为了防止忍不住尖叫出声，廖彤彤顺着原路溜了回去。

何司朗正好从厅堂出来，半路碰见她吓了一跳："廖小姐，你怎么了？脸这么红？"

"啊，没事，雅静姐今天生日，多喝了几杯酒。"廖彤彤拍拍脸，让自己平复下来，她注意到何司朗过来的方向，"怎么，何公子找我爹有事？"

"我来向廖掌门辞行，何某在此叨扰许久，承蒙廖掌门照顾。"

"何公子这就走了？不妨留下来喝个喜酒再走也不迟。"廖彤彤表面上客套了一下，心里高兴得不得了，这个扫把星总算要走了，简直是双喜临门。

"廖小姐，这是什么意思？"何司朗以为她还没放弃逼婚的念头。

廖彤彤愣了两秒，然后意识到什么，嗤笑一声："何公子放心，这喜酒跟你半点关系都没有。况且我已经心有所属，何公子千万不要误会。"说完也不管何司朗脸色，转头就走。

果然不出廖彤彤所料，没过几天她哥就跟雅静提亲了，整个铁掌门上下顿时喜气洋洋。

何司朗一走，廖彤彤松了口气，从此主角就跟他们家没有半毛钱关系了，皆大欢喜。

廖彤彤靠着回忆搞了些小装备，赚了第一桶金。不过往后走，主角掉落的装备获取难度越来越高，廖彤彤没那个本事也没渠道获取，就算知道门路也是有心无力。

但是退一步，她可以卖情报，卖情报就要找合适的客户资源。这本书特别长，两百多万字，看到后面她受不了是跳着看完的。

廖彤彤尽自己最大的努力画了个详细的人物关系图，列了个剧情发展表，越写到后面她越气，笔都被她甩了出去。

由于主角最后毁了武林，粗略统计，至少百分之七十的人会受到牵连。

主角这是直接毁了整个市场啊！

她辛辛苦苦发展客户，最后被主角这么来一下，全部白干。

不行！

廖彤彤心有不甘，好不容易有个发财的机会，就算环境不行她也要创造环境。

主角报复社会无非是因为心灵受到创伤，只要她解决那些让主角遭遇重大打击的人，主角就不会心态崩溃。

现在的问题在于，她一个没权没势的小透明要怎么解决那些跺一脚江湖都能抖三抖的大佬？

这个问题的答案在她看见廖飞龙两口子卿卿我我的时候灵光一闪，她可以牵红线啊！只要人人都献出一点爱，世界将变成美好的人间！

想她看了这么多年的言情小说，拉郎配还能不会吗？廖彤彤的脸上不禁露出微笑来。

算时间，何司朗这会儿应该走到玉泉山庄了，廖彤彤立刻收拾东西往玉泉山庄赶。

玉泉山庄的于洗尘按照辈分来算，是她表哥。和铁掌门这种小门小户不同，玉泉山庄是江湖上的名门正派，于洗尘此人也是新一代的武林俊杰，按照文里的套路，但凡这种设定的最后都会被主角压一头。

于洗尘不用拉郎配，他暗恋玉泉山庄世交岭南瞿家的大小姐瞿墨兰。这两人是双向暗恋，但于洗尘在感情问题上死活不开窍，这么多年愣是不表白，瞿墨兰试探过几次他都没反应。

何司朗的万人迷体质让瞿墨兰对他有几分欣赏，结果于洗尘这个二愣子以为瞿墨兰喜欢何司朗，后来两家有意向结亲的时候他死活没同意，瞿墨兰气得要命，故意跟何司朗亲近。

然后何司朗听见别人编排他跟瞿墨兰的风言风语，义正词严地反击了回去，好巧不巧被心酸的于洗尘听见了，于洗尘也是对瞿墨兰爱得深沉，当即为了瞿墨兰向何司朗提出挑战。

后面剧情很好猜，于洗尘输了，不仅输了还被打自闭了。

玉泉山庄哪里忍得下这口气，何司朗被各种针对，到哪儿都没人待见，这估计是何司朗痛恨世家大族仗势欺人的开端。

这两人只要把窗户纸捅破也就没那么多破事了。廖彤彤赶到玉泉山庄去找瞿墨兰，正好看见她跟何司朗在后院谈笑风生。

来得这不是巧了吗？

廖彤彤酝酿了一下情绪，上去就控诉瞿墨兰："瞿姐姐，你怎么能这样，洗尘哥哥对你一片痴心，你居然和别人这么亲近，白白枉费他一番情意。"

瞿墨兰跟何司朗两人都蒙了。

"廖妹妹这是哪里的话。"瞿墨兰不悦，有外人在她也不好说什么，"我跟洗尘是君子之交，何曾辜负他的情谊？"

廖彤彤欲言又止地看向何司朗："这位公子，麻烦回避一下，我有些体己话想对瞿姐姐说。"

何司朗毫不犹豫地退出了这个尴尬的现场。

"你有什么话直说吧。"瞿墨兰不是很喜欢廖彤彤这种骄纵的大小姐性子。

"瞿姐姐你知不知道，洗尘哥哥常常买醉。那日我看见他一人喝醉了，手里拽着一个荷包不停喊你名字呢。"

"你说什么？"瞿墨兰瞪大了眼。

廖彤彤说的是真话，不过这是于洗尘拒绝了婚事之后的事，那个荷包是瞿墨兰小时候绣给他的，于洗尘一直贴身带着。

"我不信，我要自己去问洗尘。"这个消息大概让瞿墨兰过于吃惊，她急忙要走。

廖彤彤一把拖住她："瞿姐姐，你又不是不知道洗尘哥的性子，你就算跑到他跟前去问，他也不会说的。我真心实意劝你一句，你若对洗尘哥有情，便挑明了告诉他，若没有，也好让他死了这条心。那日他喝酒喝到不省人事，我从未见过洗尘哥这么伤心。"廖彤彤泪眼婆娑地添了把火。

瞿墨兰已经急了，甩开廖彤彤就去找于洗尘。

廖彤彤赶到的时候，瞿墨兰似乎跟于洗尘吵了起来，于洗尘打算

194

要走。

瞿墨兰大喊了一句："于洗尘，你没有脑子吗？我跟你认识多少年了，你怎么还不明白，我心里有你啊！"

哟，她这是赶上表白现场了啊，廖彤彤赶紧蹲在角落看戏。

于洗尘离去的背影怔了一下，他僵硬地转过身："墨兰，你、你……"

瞿墨兰两眼都是红的，她一把抓住于洗尘："你今天不许走，给我一个准话，我好好一个姑娘家，为了你连脸面也不要了，你还要怎么作践我？"

瞿墨兰这战斗力可以啊，廖彤彤不禁暗中叫好。

于洗尘看见瞿墨兰哭了起来，有些手足无措："墨兰，我、我不是那个意思。"他憋红了脸才支支吾吾地说，"我、我也是愿意的。"

"愿意什么？"瞿墨兰止了哭泣，拿红通通的眼瞧着他。

于洗尘的声音跟蚊子一样，细得根本听不见他说什么。

但是瞿墨兰破涕为笑，她悄悄拉起于洗尘的手，空气中顿时充满了爱情的芬芳。

年轻人啊，廖彤彤感叹。

过了好一会儿廖彤彤才去找瞿墨兰，她笑嘻嘻地说："瞿姐姐，你打算给我多少谢礼啊？"

"你要什么谢礼？"瞿墨兰奇了。

"瞿姐姐遇上好事，难道不该给我媒人钱？"

瞿墨兰一下子恼羞成怒："刚才还没找你算账，你胡说什么买醉痛哭！"

"现在不痛哭，要是错过了可不就是痛哭流涕？再说了，洗尘哥哥

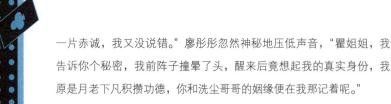

一片赤诚，我又没说错。"廖彤彤忽然神秘地压低声音，"瞿姐姐，我告诉你个秘密，我前阵子撞晕了头，醒来后竟想起我的真实身份，我原是月老下凡积攒功德，你和洗尘哥哥的姻缘便在我那记着呢。"

瞿墨兰像看傻子一样看着她。

廖彤彤让她附耳过来，开始细数怀春少女瞿墨兰的黑历史，说到后面，瞿墨兰忍无可忍："行了，我信了。"

廖彤彤满意地点点头："实不相瞒，我透露这个秘密是希望瞿姐姐帮我一个忙，你替我引见一下赵月影赵小姐，她那儿有段姻缘我要去了结一下。"

"赵家小姐不是已经跟幽冥谷谷主订婚了吗？"瞿墨兰狐疑地看着她，"你还要干什么？"

"赵家小姐的姻缘不在此，我这是去拨乱反正。"廖彤彤说，"瞿姐姐，你就帮我引见一下，其余的事我自有定论。"

"那幽冥谷可不是好惹的，你小心闯出大祸。"瞿墨兰分得清轻重缓急。

"你不帮我就算了，洗尘哥哥身上还有好几朵桃花，到时候你自己去解决，我就没空管这个闲事了。"

"等等。"瞿墨兰一把抓住她的手臂，犹豫了一下，"我顶多让你跟赵月影见个面。"

幽冥谷谷主纪凌川是个渣男，生得风流倜傥，姬妾无数，但从不走心。他娶赵月影也不是多喜欢她，而是因为赵家的势力，说白了就是联姻。

当然赵月影也看不上纪凌川的行径，她后来喜欢上了别人，这个人难得不是主角。赵月影和主角并没有交集，有交集的是纪凌川身边最得力的一个暗卫。

暗卫十七从小被纪凌川捡回来，对纪凌川忠心耿耿。不仅如此，她对纪凌川还有些不可言说的心思。赵月影和纪凌川成婚后，十七为了逃避，申请去出一个凶险的任务，中途被主角救了，两人意外聊得来，成了朋友。

纪凌川知道这事后不爽了，占有欲作祟，于是开始疯狂针对何司朗。纪凌川这人不是什么好人，手段也够狠，跟何司朗直接结下了梁子。到后来产生利益冲突，纪凌川跟何司朗斗更是得不可开交。十七为了保护纪凌川身亡，导致纪凌川彻底陷入疯狂要弄死何司朗，结果整个幽冥谷都搭进去了。

这不就是典型的失去了才知道后悔的套路吗？人还在的时候不屑一顾，人一死就开始认清自我装深情了。

现在赵月影已经订婚了，她得赶紧趁着何司朗还没开始走幽冥谷的剧情去处理人物关系。

廖彤彤没指望赵月影会因为瞿墨兰的几句话就信了她是月老转世。

"赵小姐，我知道你无意嫁入幽冥谷，我就直说了，我能帮姑娘找到良缘，只是纪谷主的姻缘线还需赵小姐帮帮忙。"廖彤彤暗暗观察她的神色，"作为谢礼，我可以告诉赵姑娘《清霜剑谱》的下落。若我没猜错，赵家现在正在找这本剑谱吧？"

赵月影提起了兴趣："你要真能让我找到《清霜剑谱》，这个忙帮你也无妨。"

因为已经和纪凌川订了婚，赵月影直接住进了幽冥谷。十七身为暗卫中为数不多的女子，被纪凌川吩咐去服侍赵月影，名为保护实则监视。

十七一向认得清自己的身份，这么多年感情隐藏得很好，但在面对赵月影时，心里难免涌起酸涩。赵月影容貌昳丽，落落大方，家世不凡，无论从哪方面来看，她和纪凌川都很配。

她身上有种让人舒适的亲和力，对十七态度很和善，而且她从不提起纪凌川。一时间，十七也分不出她究竟是真情还是假意，至少十七很难讨厌她。

有天午后，赵月影在后园湖边的栏杆上看书不小心睡着了，整个人一头栽入湖中，十七立刻把人捞了上来，两人都成了落汤鸡。赵月影换完衣服后拉着十七把自己的干净衣服给她，让她一定换上。

十七拗不过，于是换上了赵月影的衣服。赵月影无意中瞥见十七手腕上的红疤："这是怎么来的?

"我出生时就有的。"十七随口回答。

赵月影神色不知为何有些戚戚，十七也感受到了她情绪低落。

"我给你说个故事吧。"赵月影沉吟了好一会儿，"我刚长个头的时候，成天好动，在家坐不住，经常偷偷穿了哥哥的衣服出去骑马玩。有一年冬天我一个人去郊外打猎，回去的时候匆匆忙忙不小心踏到了一个人。我吓得要命，下马一看是个很小的孩子，衣衫单薄，骨瘦嶙峋。

我从来没见过这样可怜的小孩，身上都冻烂了，还发了高烧。快晚上了，又是城外，我没地方找大夫，只能把那孩子背到附近的破庙里守了一晚上，中间好几次我都以为那孩子要挺不住了，第二天一早，我立刻去城里找人帮忙，可等我带人过去的时候，那孩子已经不见踪影。

"我回去后做了好几天的噩梦，总觉得那孩子要么被歹人掳走了，要么被野兽吃了。若是我当时留在那儿，会不会就能保住她一条性命……"赵月影长长地叹了口气，"那孩子手上不知是冻烂了还是怎么回事，有一道通红的疤痕。后来我随兄长们北上经商，一路上饿殍遍野，我生怕看见当中有人手腕上有红疤。"

十七表面上还是一派沉默不语，内心却翻起了惊涛骇浪，难道当年谷主把她救回去之前她还遇到过别人？

"抱歉，我这样倒是有点冲撞你了。"赵月影见十七神色有异，反应过来，"你就当我说胡话吧，我有些困了，你忙你的去，不用管我了。"

十七行了礼便告退。她心事重重地一路往前，连纪凌川是什么时候出现的她都没有发现。

"急急忙忙的这是要到哪里去？"纪凌川皱眉，他注意到十七身上的衣服，"你穿的这一身都是什么？"

"回谷主，方才赵小姐不慎落水，这是赵小姐体恤属下，命属下换上的。"十七不敢在纪凌川面前撒谎。

十七身为暗卫，永远都是最简单的黑色短装，纪凌川从来没见她穿过裙子，乍一看，十七的打扮竟有几分寻常姑娘没有的英气，他不禁多看了两眼。

"我竟不知你什么时候跟赵月影走得这么近了，关系好到跟她穿一件衣服。"纪凌川"哼"了一声，"你可别忘了你自己该做什么。"

"属下不敢。"十七低着头回答。

纪凌川也听说了，赵月影似乎对十七特别好，赵月影那种我行我素惯了的大小姐没闹事儿就不错了，无缘无故对他的暗卫献什么殷勤？

他刚走了没两步又停下来："你明天去领个任务，我有件事吩咐你去做，这段时间就别老围着赵月影转了。"

赵月影借故找了个理由和纪凌川吵了一架扬言要回家，半路上去了廖彤彤所说的藏匿《清霜剑谱》的地方。

那地方在一个深山里，机关很多，赵月影还是高估了自己的实力，眼见着暗器就要扎到她身上，忽然被一剑挡落。

"十七？！你怎么会在这儿？"赵月影听说十七被派出去了才赶忙出来的，难道纪凌川并不信她？她脸色一变。

实际上十七前脚刚走就听说了赵月影跟谷主大吵一架跑出幽冥谷的事情，她不大放心，于是悄悄找到赵月影跟了上来："赵小姐来这种地方干什么？"

"不用你管。"赵月影气冲冲地别过脸。

"赵小姐，谷主曾嘱咐过我要保护好您的安全，此地过于凶险，还请随我离开。"十七一板一眼地说。

赵月影理都没理她，一个劲儿往前冲。

前来寻宝的不止她一个，没走两步，她俩就中了别人的埋伏。十七能应付，但是赵月影就未必了。再加上对方人多势众，十七带着赵月影一路逃跑，最后被逼无奈跳下山涧，两人顺着急湍一路往下漂去，好不容易十七才把她拖上岸。

"赵小姐要找的是《清霜剑谱》？"

经历了一遭围追，十七也明白了什么，这本剑谱是本难得的秘籍，就连他们谷主都在找。

"若是赵小姐不愿让谷主知道，只管告诉自家人来寻便是，为什么还要孤身犯险？"十七不明白这点。

赵月影在火边烤着衣服："我要拿到这本剑谱和我家里人谈条件，把我嫁给纪凌川无非就是为了家族利益，只要我手里有筹码，就能解除婚约。"

"赵小姐不愿意嫁给谷主？"十七倒是完全没想到。

"喊，就纪凌川那个德行我才看不上他呢。"赵月影撇了撇嘴，"实话跟你说，我根本就不是那种端庄大方的人，我脾气也不好，为了以后不在你们幽冥谷吃亏故意装的。纪凌川要的夫人就是个任他摆布的傀儡，我还没有那么想不开。"事到如今，赵月影干脆破罐子破摔，懒得掩饰了。

赵月影对于《清霜剑谱》异常执着，但是机关的凶险远远超出她的预期，她几次都被十七救了下来，最终为了拿到剑谱十七受了重伤。

赵月影看着气若游丝的十七倒在她怀里直接吓哭了："你是不是傻啊！这是我自己的事，你这么拼命干什么！"

"赵小姐对我有恩，我也没什么可报答的。"十七气息不稳地说。

"我都说了那些全是装的啊！我在骗你啊傻子！"赵月影哭得更凶了。

"可我也实实在在感到了善意，赵小姐你是除了谷主外，第一个对我这么好的人。"十七的声音越来越轻，她其实看得出赵月影心思很单纯，这种被保护起来的大小姐和他们这些刀尖舔血的人到底是不一样的。

"你心眼怎么这么死！难怪被纪凌川那个混蛋欺压！"赵月影嘴上这么说，心里却急得不行，她放出信号好一会儿了怎么还没来人。

"赵小姐，谷主并没有那么坏。"十七几乎是断断续续地在说话了，"剑谱你收好，若是能帮上你，也不枉费我来这一遭了。"

赵月影被救回幽冥谷后在床上躺了整整两天，一醒来就迫不及待地要找十七，结果得知十七被关入了暗牢。

"你如今能耐了，为了区区一个赵月影你就敢欺上瞒下。"纪凌川冷冷地望着跪在地上的人。

"属下知罪，谷主责罚便是，只求谷主将剑谱让给赵小姐。"十七低着头，语气毫无波动。

纪凌川眼里一暗："你是不是忘了谁才是你的主子？"

十七面色苍白："属下不敢。"

纪凌川猛地踹了她一脚："你有什么不敢！赵月影现在还没入我幽冥谷的门你就敢向着她！"

忽然外面传来吵闹声，紧接着赵月影闯进来看见了十七的惨状："纪凌川，你不是个东西！"她要冲过去，却立刻被人扣住了。

"赵小姐，你伤未好，还是不要到此处来。"

赵月影大哭起来："你都这样了就别管我伤好不好了。纪凌川，剑谱给你，我不要了，你把人给我放了！"

"赵小姐，不必担忧，且先离开吧。"十七没忍住咳嗽了一声。

纪凌川面色沉如锅底："都给我闭嘴！"

🔟

廖彤彤收到赵月影的密信后都震惊了，这个剧情也太神奇了吧，这是什么神仙姐妹情！

她不过就是让赵月影从中当个催化剂，好让纪凌川开窍，赵月影这么猛的吗？

还没等她消化完这个剧情发展，赵月影的信又来了，她说纪凌川忽然把《清霜剑谱》给了她，还把她押送回了赵家，放话说要退婚。她一直没有见到十七，现在不知道十七到底怎么样了。

廖彤彤边嗑瓜子边看信，小虐怡情大虐伤身，她可不希望最后虐过头十七还是挂了。

于是她给赵月影回了封信，让她想办法把十七从幽冥谷里偷偷带出来。

赵月影花重金找了江湖勇士去抢人，十七被带出来后她们才知道，十七为了求纪凌川放过赵月影，不惜自废了武功。

"赵小姐没必要这样做的。"十七躺在床上小声说。她废了武功之后整个人跟纸片一样单薄，好像轻轻一碰就会碎掉，"万一谷主知道了，又会惹上麻烦。我背叛了谷主，这原本是我应得的，谷主心善，好歹还留了我一条性命。"

"纪凌川那个混蛋算哪门子心善！"赵月影看她这样止不住地流泪。

廖彤彤是真的想留点时间看看姐妹情深，不过纪凌川这个定时炸弹还埋着呢。她打断两人的谈话："十七姑娘，你可怨恨你家谷主？"

"谷主于我有恩，无论如何我都不会怨恨他。"十七摇摇头。

"那你喜欢纪凌川吗？"

"谷主经天纬地之才，我理当敬仰。"

这说法都能拿出去做公关了，廖彤彤轻咳一声："十七姑娘，我乃月老转世，有件事不妨说给你听。你和纪凌川之间有条红线，你若是愿意，我就替你牵了，你若不愿，我不强人所难，断了就是。"

十七听完苦笑一声："这哪是什么愿不愿意的事，我身份低微，岂敢抹黑谷主声名。你真是月老，就帮我断了吧，免得生出事端。"

她话音刚落，门"哐当"一声被踹开，屋内的人吓了一跳，只见纪凌川站在门口脸色冷得吓人。

"怎么？有赵月影撑腰你心气就这么高了？"纪凌川咬牙切齿地说，"本座配不上你还是怎么着？"

来了来了！

"等等，你要干什么！"赵月影看见纪凌川大步走进来抱起十七就走。

廖彤彤一把拉住赵月影，露出一个专业的红娘笑容："纪谷主，您二位本有姻缘线，既然十七姑娘不愿意，就只能靠您自己重新再牵回来了。"

"这……"赵月影还要追上去。

"放心，剩下的我有数。"廖彤彤语气轻松，"倒是赵小姐，你要是准备嫁人了就跟我说一声，不愿意玩个一年半载也行，到时候多给点媒人钱就行了。"

"你不是月老吗？还收什么媒人钱？"赵月影被她公然要钱的操作惊呆了。

"我是月老没错，难道你上月老庙求签的时候不给香火钱？"廖彤彤坦坦荡荡。

纪凌川和十七互相虐了差不多两个月，纪凌川终于束手无策找廖彤彤帮忙，廖彤彤一口气要了三千两，教纪谷主如何追妻。

钱到手后廖彤彤真心觉得当个媒婆也不错，难怪小区里那些大妈那么喜欢说媒，这回报率真是太让人畅快了。

⑪

廖彤彤发愁地盯着名单上被她重点标注的一个人，魔教教主天魔剑李萧寒。这人是货真价实的天下第一，差点把主角打败了的人，拥有反派该有的一切特质——心狠手辣，深藏不露，无情无义，没有任何感情线。

廖彤彤是真不想面对这位大佬，由于她现在到处做媒，何司朗那边没有阻碍，剧情走得飞快。廖彤彤没办法，只能把这位重中之重挑出来处理。

所谓强者就该配强者，廖彤彤把目光放向另一位大佬，苍山宗宗主林秋，江湖上亦正亦邪的人物。

苍山宗在江湖上比较低调，林秋之所以出名是因为练了一门震慑武林的邪功——蚀月剑，并且练到了第九重。即便她甚少和人交手，在江湖上也是公认的强者。

林秋身上有个巨大的秘密，她是个妹子，但因为是苍山宗唯一的血脉，从出生起就背负了重大的责任，所以为了顺利继位，她从小就女扮男装，并且非常成功。何司朗发现林秋是个姑娘的过程真是一言难尽，在进入苍山秘境的时候，两人不幸中药了。

廖彤彤当时看到这儿真的想打作者，她原以为根据何司朗之前的德性肯定不会负责，谁知来了个反转，他对林秋产生了情愫，按照一般爽文套路，这两人肯定会发展一下感情。

然而林秋不愧是大佬，完全不在乎。林秋性格很特别，看待问题很客观，几乎就没有情绪化过，所以后来何司朗和她产生利益冲突后，何司朗在那黯然伤神举棋不定时，林秋却处事冷静，杀伐果断。

廖彤彤当即成了林秋的粉丝，这才是大佬的素质。

林秋给何司朗造成的打击不小，这也好理解，主角一路招惹了那么多狂蜂浪蝶，他一心只有武功，完全不在乎这些，好不容易动一次心，结果对方比他狠得多，压根没把他放眼里，林秋最后是在何司朗的主角光环下重伤落败的。

廖彤彤私心觉得何司朗这种人哪里配得上林秋，林秋跟李萧寒更般配。可惜这两人在书里毫无交集，现在也算是被她拉郎配。

廖彤彤非常实在地献上了三本武功秘籍和一颗丹药的线索成功见到了李萧寒。

"李教主，久仰了。"廖彤彤暗中给自己打气，"李教主可能听说过有关在下的一些传闻，我本是个月老，今日特来拜会只是想告诉教主，身上有一桩姻缘未了。"

李萧寒抬了抬眼皮："哦？不知本座姻缘在何处？"

"苍山宗宗主，蚀月剑林秋。"

李萧寒的脸上出现一丝波动："若本座没记错的话，蚀月剑林秋，是个男人。"

"缘分天注定，再说这俗世陈规又怎么能束缚住教主此等气魄。"

廖彤彤保持微笑，她现在可不敢透露林秋是女子的事，这是林秋的雷区。

林秋之所以女扮男装这么成功就是因为她从来没把自己当女人看过，何司朗知道她的真实性别后，不巧就踩了这个雷，他下意识因为林秋是个女人而手下留情了。

林秋辛辛苦苦练了这么多年武功，不是为了让人知道她是个女人再另眼相待的。何司朗对她的怜香惜玉只会让她觉得她被看轻。

"本座没有断袖之癖。"李萧寒冷冷地说了一句。

"教主您没明白我的意思，所谓命定之人，无关一切身份地位性别年龄。"廖彤彤语气一转，开始胡编乱造，"实际上，这已经是你们第三世的缘分，第一世因为门第之见被迫形同陌路，第二世则是国恨家仇，阴阳两隔……"她绘声绘色地说了两段让人闻之落泪的前世传奇，着重体现了林秋前世是个付出一切的痴情小可怜。

李萧寒此时的表情像是在考虑要不要把她扔出去。

"李教主您不是在寻找灵沛之地吗？苍山秘境便是灵沛之地。"廖彤彤转换策略，"您若是能与林秋结为连理，苍山秘境可就是林秋的嫁妆了。"

李萧寒神色一动："这主意倒是不错。"

他思考了一会儿问一边随侍的护法："我们吞并苍山宗有几分胜算？"

廖彤彤：……

果然是名不虚传的江湖魔头，解决手段简单粗暴。

"李教主，你就算吞并了苍山宗也没用，林秋是苍山宗唯一的血脉，只有她才能打开秘境。"

"不能强攻，那就智取。"李萧寒不愧是做大事的。

廖彤彤开始怀疑自己月老的招牌会不会砸在李萧寒手上。

廖彤彤带着李萧寒在林秋必经之路等着，林秋这时应该受了伤，只要把她捡回去，李萧寒就有机会和她促进感情。

一路上林秋小心谨慎，在林间就发现有人在前面路口等着，她先躲了起来观察情况。那是一男一女，女的就是个普通的小姑娘，而男的气势却不一般。林秋正要细看，那个男的一道凌厉的目光忽然望向她，林秋有种被毒蛇盯住的感觉。

还未等她做出反应，那个男的已经到了她面前，一把扣住她的肩膀："啧，这就是林秋？长得细皮嫩肉跟个小白脸似的。"

林秋大怒，正要出手，那人手中发力，她直接晕了过去。

还没来得及做什么的廖彤彤：……大哥，我是让你来刷好感度，不是来结仇。

林秋醒来的时候看见那个对她出手的人优哉游哉地坐在椅子上喝茶。

"你是谁？"林秋冷冷地望着她。

"李萧寒。"

"天魔剑李萧寒？"

"正是。"

"我与阁下素不相识，苍山宗也未曾与贵教有恩怨，为何对在下发难？"

"你受伤了，如果没猜错你正被人追杀，你可以先在本座这里养伤。"

"多谢好意，不过在下还有急事，不便久留。"

"我可没让你选择。"李萧寒不紧不慢地说，"素来听闻蚀月剑的厉害，本座倒有心想讨教一番。林宗主先在此养好身体，等恢复之后本座再与你比试。"

"若只是比试，李教主可否等我处理完要事？"

李萧寒瞥了她一眼："能让林宗主受伤的麻烦恐怕不小吧？林宗主此去也未必能全身而退，本座要领教的自然是蚀月剑巅峰之力，万一林宗主元气大伤，那这蚀月剑也只剩下了个虚名。"

"你这是要强留？"林秋眼睛眯了起来，身体也绷直了。

他一转身，林秋的短刀就刺了过去，李萧寒身形动得格外快速，三招之内用内力把林秋压制得无法动弹。

李萧寒云淡风轻地出了门："林宗主先好好养伤吧。"

林秋是真有急事，苍山宗这会儿内乱，她被暗算之后急着赶回去，结果李萧寒不知道抽了什么风，非把她扣住。

林秋开始计划逃跑。魔教守卫虽然森严，但她好歹是苍山宗宗主，江湖榜上赫赫有名，一般守卫看不住她。短短几天，林秋逃跑十一次，魔教伤亡一百多号人。

为了节约人力，李萧寒决定亲自抓人。林秋武功高强，脑子灵活，忍耐力又强，李萧寒发现抓林秋还挺有意思的。林秋的办法真是五花八门，有时连他也不得不佩服那些手段，然后李萧寒就对这个猫抓老鼠的游戏上瘾了，有事没事逗弄一下。

林秋被整得没脾气，李萧寒只抓她回去，又没对她做什么，而且她也看出李萧寒纯粹就是闲得无聊。她干脆不逃跑了，安安静静养伤。

　　李萧寒见林秋安分下来还真有点不适应，没事就去骚扰林秋一下。

　　"下棋吗？"李萧寒进门的时候林秋正在打坐调息。

　　"下。"林秋走到桌前，"猜先？"

　　"不必，让先。"

　　"这么有自信？"

　　"本座还不至于这点自信都没有。"

　　两人一来一往地落子，一时间气氛竟难得和谐。

　　"这步棋你不救了？"李萧寒忽然点了某处。

　　"没必要。"林秋拈起棋子落在另一处，"你的大龙迟早要杀到这里来，救了也是个死，何必浪费这个精力。"

　　"这么重要的一步棋，林宗主竟然也舍得？"

　　"没什么舍不舍得，虽然我现在左右两边各占一席之地，但白子已经跃跃欲试准备从中切断，这时保住对我最有利的部分我还有机会杀出去跟你的大龙斗一番，若是顾此失彼，那就什么都没了。"林秋扫了一眼棋盘，继续落子。

　　"好气魄。"李萧寒言语里有几分赞许之意。

　　下完那盘棋后，李萧寒和林秋之间似乎没那么剑拔弩张了，就好像林秋只是个普通的友人来魔教坐坐。李萧寒意外发现他居然和林秋挺聊得来，从某些方面看他们是同类人。

　　廖彤彤得知这两人气氛不错，暗中劝李萧寒趁热打铁。

　　然而不管表面上多么平静，最根本的问题还是没有解决。有一天夜里林秋忽然惊醒，她惊惧交加，有种不好的直觉，秘境里的那样东西不会已经闯了出来吧……

林秋慌慌张张跑了出去，还未出魔教山门，就见月色下李萧寒的身形立在不远处。

"李萧寒，这回无论如何我都得走！"林秋此时没了平时的谦和，她面色苍白，神色狼狈，眼中却是挡不住的锐利。

"怎么，难不成林宗主梦见前世了？"李萧寒漫不经心。

"什么前世？"林秋没听懂。

李萧寒看着她忽然笑了一声："有位月老和我说，我跟蚀月剑林秋前世有缘，林秋乃我命定之人。我原先觉得荒谬，不过现在看来也不无道理，林宗主这双眼睛，确实有意思得很。"

林秋周身已经冒出寒意了，剑光在一瞬间掠过。夜色之下剑气横飞，她的伤已经休养得差不多了，此时出手招招狠绝。

蚀月剑果真不同凡响，林秋在逃跑的过程中和他交过无数次手，却从来没有像现在这样锋芒毕露过，李萧寒知道他这次是挡不住林秋离开了。

收了剑，李萧寒觉得这一场打得简直是酣畅淋漓。

廖彤彤第二天才得知林秋逃跑了，她急了："千万不能让她回苍山宗，她现在回去就完了。"

苍山秘境里面有一头神兽，由苍山宗历代宗主镇守，苍山宗内乱就是有人想强行闯进秘境，不料激怒了神兽。原著里林秋就是被这玩意儿所伤，差点去了半条命，不然也不会中药，以至于被何司朗给欺负了。

这时魔教护法进来通报："教主，苍山宗出事了。"

李萧寒皱了皱眉："麻烦。"

林秋没想到居然把这个祖宗惊动了，苍山神兽极其难对付，发起怒来能把整个苍山宗夷平。她得使出全力才能勉强把神兽镇住，但是现在她身上的伤还没好全。

管不了那么多了，林秋冲上去试图用内力稳住神兽，然而没坚持多久她就被甩了出去。出乎意料的是，有人接住了她。

"就这么个畜生你都对付不了？昨天不是挺猛的吗？"她耳畔响起一个熟悉的声音。

"李萧寒？！"林秋呆住了，接着她就看见李萧寒冲了上去，"等等！不能把它杀了！"

李萧寒的出现大大缓解了她的压力，苍山宗的后林近乎毁掉一半，但凭借着他们两人合力，终于把神兽镇压了下去。

"你们苍山宗怎么还养了这种东西？"李萧寒因为脱力坐了下来。

"这是祖制，真实原因我也不知道。"林秋靠在一棵树上，缓了口气，"不管怎么样，多谢李教主出手相助。"

"这就不必了，反正是你的嫁妆，早晚跟本座脱不了关系。"

林秋差点一口气没喘上来："李萧寒你有完没完！看清楚点，我是个男的！"

"本座眼神很好，不劳提醒。"李宗主懒懒地扫了林秋一眼，"缘分天注定，本座岂会管那些世俗陈规。"

林秋这回不想说话了，她拼着最后一点力气把李萧寒赶出了苍山宗。

廖彤彤赶过来时看见的就是魔教教主被赶出去的惨况。

"李教主，你没事吧？"廖彤彤心里打鼓，这两人的剧本根本不好控制，一不小心就能玩脱，而且主角已经接近苍山宗了，廖彤彤决定加一层保险。

"李教主可曾听过何司朗这个人？"

"灭了迷踪派的那个小子？"李萧寒身为魔教教主，消息自然很灵通。

"正是，我有一句话要劝您，以后不管发生什么事千万要离这个人远点。"

李萧寒冷笑一声："本座还不至于惧怕这等鼠辈。"

"不是，您听我说，何司朗这人其实是孤鸾星化身，专破人姻缘的。"廖彤彤神秘兮兮地说，"但凡跟他走得近，姻缘运势必定出问题。您也不要去专门找他麻烦，见到了就离远些。"

李萧寒：……

15

没过两天，李萧寒去苍山宗的事就传遍了整个江湖，人人都在说苍山宗勾结魔教，这引起了武林盟的恐慌。魔教教主加一个蚀月剑，威胁过大，于是武林盟召集各门各派上苍山宗讨伐林秋。

廖彤彤赶紧找了李萧寒一起去苍山宗，到那儿一看，各门派正和林秋僵持着，本就不太友好的气氛在李萧寒出现后变得剑拔弩张。

"林秋，这下你还有何话可说！苍山宗勾结魔教证据确凿！"

李萧寒冷冷扫视了一眼各门派的人，有几个吓得直接噤声。

廖彤彤注意到林秋的状态好像不对，她的脸色不正常，有点像醉了酒一样，耳根全红了，要是不注意还以为她这是被气的。

她猛地想起来，林秋不会是中药了吧！那何司朗会不会也在苍山宗？

廖彤彤跟热锅上的蚂蚁一样，也没别的办法了，她赶紧拉过李萧寒凑过去在他耳边小声说了句什么。

李萧寒听完脸色骤变，再看向林秋时心里莫名涌上一种烦躁。不知为何，让人见到林秋这副样子他格外不爽，转眼间他出现在林秋身后一把将人拉住："我的人还轮不到你们来指手画脚！"

还没等其他人反应过来，李萧寒已经把林秋带走了。

场面出现了短暂的安静，所有人都被李萧寒搞蒙了，忽然人群里有人大喊了一声："廖彤彤！你在这儿干什么？！"

廖彤彤一个激灵，然后她就在人群中看见了无比震惊的廖霸天。

"不是，爹你听我解释。"廖彤彤吓得语无伦次，"我，我就是过来做个媒。"

廖霸天直接揪住她的耳朵："你胡说八道些什么！居然敢跟魔教的人混在一起，你不要命了！"

人群里有不少人认出了廖彤彤，正常人听到李萧寒那句话顶多会以为林秋投靠了魔教，但廖彤彤一出现，将近一半的人仿佛嗅到了八卦的气味。

廖彤彤被揪回家后，无论怎么解释她爹就是不听，直接关了她禁闭。

廖彤彤头都大了，现在是关键时刻，她还得去找李萧寒啊！

过了差不多七八天，铁掌门收到了一封魔教传来的喜帖，请大小姐廖彤彤过去当主婚人。

廖霸天接到喜帖差点没晕过去，不等他想办法搪塞，魔教就派人过来把廖彤彤带走了。

"你们这就打算成亲了？"廖彤彤惊叹大佬就是大佬，效率太高了，整个魔教张灯结彩，阵仗挺大。等看到林秋竟然是一副新郎打扮，她差点没吓死。林秋不会真的是个男的吧？

"不是，林宗主怎么穿成这样？"

"你果然知道她的真实身份。"李萧寒幽幽看了廖彤彤一眼，"她不愿意将她的秘密公之于众，就这样拜堂也无所谓，反正都是嫁过来。"

廖彤彤：……

一时间她竟不知道该同情谁。

16

魔教教主和苍山宗宗主结为连理的事让廖彤彤名声大震，找她做媒牵线的人越来越多。

实际上把这两位大佬解决后，剩下的都没什么问题。何司朗的消息她都好长一段时间没听到了，她猜想是不是因为她把这些重大阻碍拆除了，主角经验值刷不上去了。

不过她也管不了那么多，反正现在江湖太平，人脉也积攒下来了，就算不卖情报，做媒都能发财，她小日子过得不要太惬意。

然而有一天廖彤彤万万没想到廖霸天把她喊过去，告诉她孤云鹤向他们提亲了，人已经上门拜见过，不仅礼数周全还交了十车聘礼。他们夫妻二人都觉得甚好，孤云鹤人品不凡，八字相合，果然如她之前所说今生有缘，已经请人择了吉日，半月后就成婚。

廖彤彤脑子宕机了，她严重怀疑自己是不是漏掉了几十万字的剧情，为什么还有孤云鹤的事？他不是个背景板吗？

"那个，爹，女儿还想多陪你们几年，就不要急着嫁出去了吧？"廖彤彤试图找回自己的主场。

"彤彤，你自己都说了非孤云鹤不嫁，如此良缘，岂能耍小孩子脾气。"她娘说道，"你放心，你就是嫁出去了这儿还是你的家。"

"娘，我是真的不想嫁啊！"廖彤彤气得哭了出来，她怎么都没想到会掉到自己挖的坑里。

廖彤彤尝试逃跑，但是全家人都看她看得紧，生怕她又出去乱跑。直到结婚当天，可以说她是被逼着上了花轿。

在一片喜庆的吹吹打打中，廖彤彤飞快思考策略，奈何她手里关于孤云鹤的信息实在不多，她也不知道到底该怎么办。

实在不行她就坦白好了，孤云鹤应该不至于为难她一个打酱油的吧。

盖头挑开的时候，廖彤彤的表情宛如见了鬼。

"何司朗？！"

我的天，主角为什么会在这里，他要干什么？！

"看来彤彤还记得我。"何司朗笑眯眯地说，"这让我很感动。"

廖彤彤才发现这家伙居然穿的是喜服，孤云鹤不会被他杀了吧！

"彤彤是在找这个吗？"何司朗不知道捣饬了什么，居然就变成了赤发红眸的样子，"说来也是缘分，我当初只是无意中装扮成这个样子，没想到却被彤彤念念不忘记了下来，既然彤彤如此深情，我又岂能辜负。"

现在她可以肯定，她绝对漏看了重要剧情！廖彤彤沉默了几秒："你说话能不这么恶心吗？"

"和自己夫人说话怎么能叫恶心呢。"何司朗脸上还是笑眯眯的，看起来温文尔雅。

廖彤彤在心里做了几个深呼吸："实话告诉你吧，我不属于你们的世界，我的真实身份是个月老。我们有规定，自己不能牵连凡间姻缘，否则无法恢复原身。"

"彤彤。"何司朗忽然凑近，深情款款地说，"我以为你愿意为了我抛弃这些……你给那么多人牵过红线，为什么自己就不能呢？"

廖彤彤忍无可忍，一巴掌呼了上去："你离我远点！"

17

何司朗觉得自己非常倒霉，他辛辛苦苦游历习武，开始还好，后来不知道为什么，他每次要寻找的东西都被人抢，而且他频繁遇见铁掌门那位廖大小姐。

一次两次倒也罢了，找秘籍有她，找草药有她，找兵器还有她，他不得不怀疑这位大小姐是不是跟了他一路。

后来他发现廖彤彤不止跟他抢东西，她还特别爱给别人牵红线，动不动就见她教这个表白，教那个追妻，说起来头头是道，乱七八糟的花样一大堆。

最让何司朗无法忍受的是，每次牵线就牵线，莫名其妙还要提他一句。廖彤彤到处跟那些被牵线的人说他坏话，好像生怕他会冒出来破坏人家感情一样。

何司朗是真不知道廖大小姐吃错了什么药，笃定他会去破坏人家感情。

再然后何司朗发现自己所过之处无比通畅，人人都在忙着谈情说爱，而他身边完全没有任何姑娘愿意搭理他。

直到他听见廖彤彤跟人说他是个孤鸾星，专门破坏姻缘运势。

何司朗怒了，他要是娶不到媳妇全是廖彤彤害的，他怀疑廖彤彤就是在故意报复他。不知道为什么，廖彤彤先是信誓旦旦嫌他丑，转头又说非孤云鹤不嫁，何司朗都要气笑了，说来说去还都是他。

他干脆顺了这位大小姐的意，以孤云鹤的名义提了亲。

结果成婚当天就被廖彤彤打了。

18

江湖出了一桩奇闻，那位传闻中的天外之仙孤云鹤娶了铁掌门的大小姐，新婚第一天孤云鹤就四处发布寻人启事，放言他的新婚妻子离家出走了，若有人能提供消息必有重谢。

楼下说书的绘声绘色地说孤云鹤表面是个正人君子，实则是个贪图廖家财产的小人。他成婚之前就欠下巨额赌债无力偿还，所以才骗婚廖小姐。

廖彤彤掂了掂手里的钱袋，跟她玩儿心眼，何司朗还嫩了点。她别的没有就是有钱，先把这小子名声搞臭，回头就离婚。

楼下的书没说多久，对面戏台就唱起来，廖彤彤位置好，她听得清清楚楚，唱的是孤云鹤千里追妻，不离不弃，一往情深。

廖彤彤：……

她正准备下楼去找戏班子的麻烦，一转头就发现何司朗不知什么时候出现在了雅间里，摇着扇子冲她笑："彤彤，玩够了就跟我回去吧，岳父岳母那儿还等着回门礼呢。"

廖彤彤：呵呵。

近来市井之中不知为何突然涌起了一股说孤云鹤新婚夫妇故事的风气，只是这内容各种各样，有些甚至大相径庭。孤云鹤一会儿跟廖小姐青梅竹马，私订终身，一会儿又说这两人天生相克，水火不容。

廖彤彤躲在马棚里恶狠狠地啃馒头，一探头就看见何司朗那人模狗样的玩意又堵在了马棚前可怜兮兮地对她说："彤彤，还不回去吗？"

廖彤彤：……

城外石桥底下，廖彤彤端着碗豆腐汤"哧溜哧溜"地喝，还没喝完就听见桥上有人说话："彤彤，差不多该回去了，玉泉山庄、幽冥谷、魔教他们送过来的礼金还等着你回去清点。"

廖彤彤气得把碗一摔。

三个月后，孤云鹤的寻人启事终于撤了下去，他表示夫人已经回家，多谢各位相助。

END

关于我把

文 云胡不归

悲剧和喜剧
结合在一起

我要助祁昇登上皇位。不仅是为了后位，

也是为了我的整个家族。

这件事

关于我把悲剧和喜剧结合在一起这件事

文 云胡不归

一条每天都在鲤鱼打挺想翻身的咸鱼。

01

大家好，我叫李攸，万万没想到，我穿越到古代伦理剧版《三十而立》的炮灰身上，成为宦官的养女。穿越到书里就算了，问题是这部小说只有大纲！大纲！大纲！还是那种没写完的大纲。你问我为什么知道？因为我就是陪作者熬夜头秃改剧情的编辑。而只有帮作者补全剧情，才能回到现实。

男主祁昇，是大雍未来的王，而我是他的原配。因为大纲没有写完我只知道结局。一，我是炮灰；二，我死了，活不过第四章，因为动了主角的利益。

生为炮灰，我很无奈。

但我还是决定苟活下去，我不仅要苟活，还要保护我的母族。

我坚信，只要坚定不移地站在主角立场上，只要他一人得道我们就可以"鸡犬升天"。

以我的身份，只要我不作死，我还可以继续享受荣华富贵。

想想也不亏。

那些叫我离开男主平安无事的读者给我闭嘴，可恶，难道炮灰就不能有点追求？就不能富贵一下吗？

小轩窗，正梳妆。

阿爹嘱咐我今日有要事，让我好好打扮。

呵，终于要出现了吗？混蛋。

郑重地整理完一切事宜，我们一家就站在李府家门口等待。

"圣旨到！"一名骑着马的太监从远方风尘仆仆地赶来。

奉天承运，皇帝诏曰，兹闻内务府大总管李贤之女——李攸，娴熟大方、温良敦厚、品貌出众，太后与朕躬闻之甚悦。今皇五子年已弱冠，适婚娶之时，当择贤女为配。值李攸，待字闺中，与皇五子堪称天设地造，为成佳人之美，特将汝许配皇五子为王妃。一切礼仪，交由礼部与钦天监监正共同操办，择良辰完婚。

布告中外，咸使闻之。

钦此。

皇室联姻从不讲究爱情。爱情，只是万花丛中的一点绿。

我一手接过圣旨，在千里之外的江南苏府，年仅十二的苏大学士之女苏楠也接过了成为祁昇侧室的圣旨。

在李府紧张的筹备下，我很快迎来了自己的大喜之日。

门外锣鼓喧天，门里悄无声息。

盖上红盖头，我端坐在铺满五谷的新床上。

等待着混蛋的到来。

猎杀时刻！！

开玩笑，杀不过杀不过。

"吱呀"一声，洞房的门被打开了。

我能感觉到有一个人来到了我的面前。

他执起玉如意，轻轻挑开我的盖头。我抬头望着他，是一个单薄消瘦的少年。

但我知道，莫欺少年穷。

他不发话，拿起酒壶，倒合卺酒。他双手各执一杯，一杯递给我。

我没立马接过酒杯，就静静地凝视着以后要将我置于死地的男人。他的眼里满是冷漠和疏离。说来祁昇当皇子也当得很憋屈了。幼时丧母，钦天监说他命硬，克母克父克兄克妻克子，只要和他有关系的都被他克。所以祁昇从小可以说爹不疼娘不爱的。即使自己再争气，老皇帝还是没拿正眼瞧过他。一个皇帝厌弃的皇子，过得连奴才都不如。时常有上顿没下顿，还要靠我爹接济才能活下来。

皇帝讨厌这个五皇子的事连我这个住在宫外的人都知道。

皇帝将我许配给他更是证实了这种猜忌。因为我有个宦官的爹。这就差没昭告天下：你这辈子都别想继承大统了。甚至连大婚当日，一个伺候的人都没有。

见我久久不接，祁昇默默放下酒杯说道："你也觉得嫁给我太委屈了？"

不是，我只是在想我的伟大计划，但表面功夫还是要有的。我将身段放到最低道："那您呢？您不觉得委屈吗？娶了个宦官的女儿？"

"一个命硬克妻的皇子，我有什么可挑剔的。"祁昇嘲弄地笑了下，独自饮下了合卺酒。

大喜之日说什么死不死的，会不会说话。

有的人三岁就会讲话了，八十岁才懂得闭嘴。

"殿下出身高贵，且不可妄自菲薄，自轻自贱。臣妾敬你一杯，以大雍未来皇后的名义。"我举起酒杯，一饮而尽。

祁昇一言不发，双眼里满是探究和猜忌。

但我知道，祁昇没权没势，他没得选。如今我们是一条船上的人了。

我要助祁昇登上皇位。不仅是为了后位，也是为了我的整个家族。

从今日起，长达五年的皇位争夺就拉开了帷幕。

大雍承安十四年，边疆大乱，皇五子祁昇临危受命为天狼军主帅，征战沙场。同年，军中存奸佞内外勾结，欲刺帅，破之，主帅受重伤，军中大乱。

承安十五年，宦官李贤举荐家奴晏戚为将军副手，率十万军马，粮草千石，连夜启程，直达玉门。

承安十六年，江南大学士苏樾上书弹劾太子与敌勾结，暗害手足。太子被罢监国，闭门思过。

在遥远的玉门关，祁昇躺在虎皮卧椅上，衣裳敞开，腹部缠着一层又一层的绷带。新伤旧疤加在一起，他背上就没有一块完好的皮肤。

祁昇皱着眉头，忍着腹部的疼痛，听晏戚汇报敌情和朝堂的状况。

最终，晏戚还是忍不住抱怨道："皇上可真是老到昏了头了。您在战场上卖命，还要顾忌背后有人捅刀。"

"我若是立了功，定会影响到太子的地位。但我未曾想到皇兄目光如此浅薄，竟与外敌勾结加害于我。"虽然自己自小不受人待见，但亲兄弟竟想治自己于死地，也不免得感觉心寒。祁昇顿了顿又说："罢了，不说这个了，多亏了阿攸，不然我也不能反败为胜。"

"夫人可真是神机妙算，安西战事吃紧，急需马匹，夫人为了筹集马匹，为殿下分忧，想了个好办法。依大雍旧例，大臣有特殊贡献者可赐给在宫中骑马的特权，不过，作为条件，骑马者逢年过节要向皇帝进献好马一匹。夫人让老爷一下子赐给几百名太监在宫中骑马的特权，而后就不断地降谕旨让他们进献马匹，逼得这些太监直骂娘。"

"她本就机灵。"祁昇说完，发现自己的语气里有和平时不一样的骄傲。为了掩饰尴尬，他拿起羊皮水壶，猛灌一口水，压一压不自觉翘起的嘴角。

祁昇心想，塞外的墨狐最是难得，品貌尚佳，毛质柔顺。阿攸怕寒，等伤好了，给阿攸猎一只来做墨狐裘吧。

承安十七年，皇五子凯旋，封为西琅王，在江南士族文人的带动下，勾栏瓦肆也争相传颂皇五子的丰功伟业。

承安十八年，圣上旧疾复发，急召太子入殿。

午夜，黑云压城，风裹雪飘。阿爹和我侧立在祁昇身旁。宣武门上早已布下了天罗地网，我计划了五年，终于要来一个瓮中捉鳖了。

凛冬将至，我裹紧了身上的墨狐裘，祁昇将一暖汤婆子塞入我的怀中。

身后是祁昇的属下，这四年间皇宫的禁卫军都被我和阿爹换成了我们的心腹。

我看着祁昇命令属下搭起弓箭的那一刻起，我们都很清楚，祁昇一定要赢。不然，我们全都得死。

皇位的争夺本就是残酷无情的，不是我踩着你的头，就是你沾着我的血。

祁昇握着令牌的手有些发颤。

我握住他的手，想给他一些安慰。我知道，这是一个艰难的抉择，也是他蜕变的第一步。他从小饱读诗书，懂得孝仁谦让，但那备受欺辱的童年告诉他想在这深宫里生存，就得狠。

宫门大开，太子来了！

我的手心起了汗。

将士们的弓已经拉满。

太子浑然不知身处险境，一步步地向前走着。

祁昇紧抿着唇，只字不吭。

这时，在我眼里，时间都变慢了下来。

眼看太子就要消失在我们的视线中，我的心也绷得越来越紧。

祁昇为何还不下令？我咬紧了嘴唇。

阿爹看形式不对，立马带着人马赶下城楼，拦住了太子的去路。

"李贤？你在这做什么？本王要进宫面圣，你莫要碍我去路。若是耽误了大事，你有几个脑袋赔的？"太子满是不耐烦，心里都是得意，不出意外，父皇今夜就要将皇位传于自己，而黎明就是五弟的死期。

"太子留步，在宫中还是要守宫中的规矩，容老奴给圣上通报一声吧。"阿爹低头哈腰，只为给祁昇拖延时间。

"一个奴才，怎么这么多事？别以为我不知道你想拖延时间，你那好女婿还不是无法继承皇位，你倒不如把你女儿献给本王做妾室！"太子恼怒，一脚端在了我爹肚子上，我爹被端得一屁股坐在了地上，咳出了血。太子倾身向前，伸手想要掐死阿爹，高大的身影完全罩住了阿爹。

没有时间犹豫了。

阿爹掏出藏在袖子里的小刀，直直地插进了太子的心脏。

太子死时面目狰狞，瞳孔大睁，满是不可置信。

死不瞑目。

阿爹第一个反应过来，立马高声大喊："太子谋位，擅闯禁宫，该杀！！"

有了阿爹起头，将士们都跟着喊："太子谋位，擅闯禁宫，该杀！！"

众人齐呼，惊扰了沉睡中的皇宫。一片接着一片的宫灯被点燃，城门上狼烟四起。

祁昇换了身满是鲜血的铠甲，蓬头垢面前去面圣。

走前，他拉住我的手说："我很快回来，你且等我，我定不负你。"

冬雪消融，乌云散去，唯留明月动人。一夜间，政权更迭，江山易主，不过转瞬之际。

承安十八年，太子谋逆，被诛。同年，皇五子继承大统，为雍武帝，众望所归，改年号为定安。

02

新帝登基，自是要论功行赏的。江南大学士苏樾封为护国宫，官至丞相，阿爹被封为柱国公。晏戚接手天狼军，封为安西都护。而我是第一个能参与议政的皇后，苏氏则被封为淑妃。

一朝天子一朝臣。新帝很快就料理完了太子残党，稳定根基。如今朝堂上以阿爹，晏戚为首的武官分了半边天，以苏樾为首的江南士族分了另外半边天。

朝堂上没有永恒的朋友，只有永恒的利益。新的一轮博弈又正式开始了。

"皇后娘娘，今儿怎么有空来赏花呢？"淑妃摇着团扇，笑盈盈地迎向我。

"牡丹开了，自是要来看看的。"我折了一枝花，让侍女戴在我的头上。

淑妃冷笑："牡丹国色，雍容华贵，不会真有宦官之女觉得能配得上牡丹吧？"

呵，阴阳怪气。

"那总比某些人只会当花瓶，一天到晚写着酸到掉牙的诗来博取皇上的同情要好得多。淑妃如此博学多才，你可知有位妃子为了争宠，熬夜写词伤了眼睛，写下了'心悦君兮，满心欢喜至满目疮痍。'这句是哪位大家写的啊？不会吧不会吧，淑妃你不会不知道吧？"

"你！"淑妃气得脸都发紫了，你来你去半天都说不出一句话。没想到自己写给皇上的闺怨诗竟被皇后知道了。

"淑妃，昨夜本宫听到你宫中传来一阵琵琶声，大晚上的思乡情切啊，要不本宫遣你回家探亲几日？只怕有人想皇上想得紧，每日作诗更勤了，熬坏了眼睛。"我笑脸相迎，我就是喜欢看淑妃想骂我却骂不出来的样子。

淑妃心高气傲，出身望族，对我这个宦官之女早有嫌弃，更别说委身做妾了，时常想拿我出身之事压我一头，我已见怪不怪了。

但是该骂的还是骂。

反正她也骂不过我。

"你莫要仗势欺人！"淑妃气的咬牙，巴不得活剥了我。

呵，势力不就是拿出来显摆的吗？不然我当皇后做什么。

"你给我等着，我要告诉皇上，让皇上来评评理！"淑妃提起裙摆，气呼呼地走了。

就这？就这？不会吧不会吧，不会有人骂不过还要告家长吧？

果不其然，不一会儿皇上就要召我去养心殿。

"臣妾给皇上请安。"我欠身行礼。

祁昇在案头批阅奏折，一边批一边说："淑妃比你小上一轮，自是小家子气，你莫要总和她置气，能让一让就让一让吧。"

"臣妾不让。"我扭头要走。

"你越发恃宠而骄了。"祁昇停下笔，看着我正欲离开的背影，"正好，我是来跟你商量正事的。"

"你说。"

"边关告急，北人南下屠杀了边境的百姓五万余民。如今朝廷分为两派，以苏樾为首的议和派和以你父亲为首的主战派。"

祁昇简单的两句话，他越发平静我就越发觉得不妙。

议和，那就意味着徭役增加，百姓涂炭。征战必有牺牲，但如今北人已经欺我大雍到如此地步，已经不可再忍了。

"主战。"我坚定地对祁昇说道。

"文官一直看不起武官，当下局势朝廷各执己见，根本谈不拢。"祁昇揉了揉眉心，苦恼万分。他眼下一片乌青，估计是为了这事好几日未能睡好了。

祁昇身为皇帝，他是无法开口说要开战的。一旦开战，必有伤亡，那些腐儒一定会把他骂个狗血淋头。什么昏庸无道，暴虐无情，不顾天下苍生。可如今局势，如果不打，那定是国破家亡。既然祁昇开不了这个口，那我就替他说了。

"臣妾愿为陛下效犬马之劳。"

次日早朝。祁昇坐在龙椅上听百官述职，而我躲在屏风后面听政。

"陛下，战事必会导致生灵涂炭啊！请皇上三思。"苏樾的幕僚结束了长篇大论最后就总结了这么一句话。

晏戚站出来直接反驳他说道："如今边关十六洲失了十三州，到了如今这地步，已经不可再忍，再忍下去，北人只会变本加厉。议和就如抱薪救火啊，皇上。长痛不如短痛，必须刮骨疗毒，臣觉得还是主战为妙。"

武夫就比较直接，直接切中根源。

文官正欲辩解，而我已经忍无可忍，从屏风后出来，指着那群腐儒破口大骂："你们都想着议和，那你们想过议和的条件没有，一年九千四百两白银，八千九百担粮食，四千三百匹绢布，这些赋税由你们担吗？如今北人铁蹄已到边关，关外的汉人已经被北人屠杀殆尽，如果北人攻破边关，那百姓该怎么办？天下兴亡你们管吗？你们这些庸人吏禄三百，岁晏有余，嘴上说着要继绝学开太平，结果朱门酒肉臭，路有冻死骨！你们管过吗？一天到晚想的是安逸享乐，做缩头乌龟，如今这个地步你们还要再忍？难道要等到北人杀到皇城你们才会奋起反抗吗？"

"大胆，后宫不得干政，朝堂上哪容得你一个妇人指指点点。"苏樾大声斥责我，指着我就骂我是祸乱朝政的再世吕后。

我气得火冒三丈，破口大骂："本宫干政也不是一天两天的事了！皇上赐的圣恩，尔等难道要质疑圣上昏庸吗？"

苏樾不甘示弱，非要斗个鱼死网破："本相正要上奏弹劾你们李氏父女，没想到你自投罗网！李贤收受钱财，卖官鬻爵，你有什么可辩的？"

我心里一咯噔，苏樾怎么知道此事？阿爹卖官鬻爵这件事我是知道的，不知是谁给苏樾泄露了消息，阿爹虽然这事做得不道德，但他从来不触犯底线，卖的都是个挂名无用的官，甚至连俸禄都没有。我虽然多次劝阻，阿爹认为这些官只是个名号，就是个面子工程，卖也无妨。人有贪念，我根本劝不动阿爹。阿爹也有原则，绝不收贿卖朝廷要职，李府靠这个赚了个盆满钵满，而朝廷也可以从那些达官贵人的嘴里扣出些银两补贴朝政，两相得益，我也就由着阿爹了。祁昇也知道此事，所以睁一只眼闭一只眼就过去了。

该死！我恨得直咬牙。

此时，沉默寡言的祁昇发话了："李贤此事缓些再议，但皇后说得没错，如今若是主和，北人更是得寸进尺。晏戚听令，朕命你率领天狼军六十万兵马赶往边关，务必收回失守的十三座城池！"

"末将领旨！"晏戚双手抱拳，接了圣旨，便往乾坤殿外赶。

那苏樾得理不饶人，高举笏板，大有不惩戒阿爹就要一头撞向南墙之势："皇上，您不宜偏私，内外异法啊！"

"肃静！！"龙威震怒，朝堂顿时噤若寒蝉。

最终，文官在苏樾的带领下一齐上奏，要惩处阿爹，碍于百官颜面，祁昇只能先将阿爹革职，关入地牢待审。

下朝时，我看着苏樾那趾高气扬的劲儿就浑身难受。他倒是乖巧，自知主战是大势所趋不可回避，如果晏戚胜战归来，那朝堂就无他立足之地了，所以他下手为强先革阿爹的职位。

该死，到底是谁泄露了消息？

在我百思不得其解的时候，接来下的事情更让我措手不及。

定安三年，天狼主帅晏戚领兵出征。

定安四年，晏戚夺回失陷的六州。

定安五年，晏戚夺回失陷的十州。同年，夺回城关。坊间流言四起，晏戚功高盖主，愈演愈烈，甚至到圣上皇位不正，丞相苏樾力推其党羽林秋南作监军。

定安六年，北人狡诈，与外族联合，派八十万兵马围困晏戚一月有余，城中断粮，晏戚投降被杀，百官群起而攻之，市坊皆骂其不忠无节。武帝降旨，诛连晏戚九族。同年，李贤出狱，委以重任，签订议和条约。

坤宁宫内，一片狼藉。自晏戚出征以来已不知是帝后第几次吵架。

祁昇站在门口，脚下是全是皇后砸碎的瓷器。

"阿攸，你到底要与我闹到什么时候？"因为脚下全是锋利的瓷片，祁昇寸步难行。

此时，我最讨厌的就是听到祁昇的声音，我随手抓过一个瓷瓶，"啪"的一声，掷地有声："呵，你问我做什么？晏戚马革裹尸，你竟还要诛他九族？"

"那你可知晏戚降敌，刚收复的十州失陷，北人直逼皇城！"祁昇直接踩在瓷片碎上，将我牢牢钳制住，试图让我冷静下来。

"晏戚不降，那四十万将士该如何？那四十万将士难道理应成为匈奴刀下亡魂吗？如果那四十万主力军没了，大雍还能抽调更多的军队吗？再说这并不是晏戚的错，是苏樾那老贼派的监军故意耽搁兵马补给，才致晏戚孤立无援。还有我阿爹，那和约你让我阿爹去签，让我阿爹去替苏樾背黑锅，千古的骂名啊，难道你还不知道有多少人瞧不起我爹吗？我爹虽是一宦官，但对你忠心耿耿，从未有失，你凭什么这么对他！"我逼视祁昇，泪水布满脸颊，我对眼前这人好失望好失望。

"阿攸，你听我说，我是皇帝，我必须顺应民心稳定局势……"祁昇试图辩解，但我已经不想再听了。我打断了祁昇的话说："所以没有比宦官更好的替罪羊了，是吗？"

我推开祁昇，苍白无力地说："你真是要断我的命啊……"

"阿攸，我……"

"你给我滚，滚啊！"我歇斯底里，发冠披散，像一个疯婆子一般，将祁昇推出我的寝宫。

祁昇已经不是我所认识的祁昇了，身处高位的他已经完全变得冷漠无情，帝王之术已经被他玩弄得炉火纯青。

03

定安六年，是我这一生中最绝望的一年，晏戚被杀，李氏被抄家。文官皆说我行为乖张，力主废后，被祁昇压下。北军南下，武帝只能御驾亲征。

祁昇走后，后宫只剩下我和淑妃。

如今我已失势，淑妃时不时会晃荡到我宫里，穿着靓丽，巴不得直接住在我宫里让我天天观摩。但她本性不坏，也就小孩子心性，我也由着她去了。后来她也觉得无趣，虽然还是时常跑来我这儿，但只是闲得发慌想找人解闷而已。

"皇上潜心朝政，不近女色，后宫到现在也只有我二人。说句实话，以前我挺忌恨你的，不仅因为你我地位之差，还有皇上专宠于你。甚至，甚至……"淑妃愤恨地嗑着瓜子，说到她软肋处竟有些难以启齿，"甚至我嫁与陛下八年，仍是完璧之身。"

说不吃惊是假的，祁昇虽然说过定不负我，但我没想到他竟做到这一步。但我很快恢复了平静，我心中有惑，还需向淑妃套话。

"但你看看如今的我，已经对你构不成威胁。只待陛下回朝，你就可成为真正的皇后。我俩相识一场，也算是一种缘分，你可知我阿爹卖官鬻爵的事情是谁泄密给你父亲的？"我低头做小，给淑妃端茶倒水，好不热情。

淑妃看了我一眼："还有能谁，皇上啊。"

祁昇？竟是祁昇。如果真是这样，那一切都可以解释清楚了。

我如五雷轰顶，我虽曾往这方面想过，但从来不相信晏戚之死是因功高震主。阿爹议和，是因外戚干政。一切的一切都是蓄意为之。原来，祁昇一直在防我。

我五味杂陈，已经不知道如何是好。祁昇啊祁昇，我竟没想到是我枕边人下的毒手。祁昇啊祁昇，是我玩不过你，我认输。

"时候不早了，臣妾先行告退了，天寒了，皇后娘娘一向惧寒，还是多添些衣裳，保重身体吧。"

淑妃走后，留我一人，呆愣地看着天边的归雁。在这宫里，我竟已是孤身一人。

入夜三更，我辗转反侧，难以入眠。我像一具干尸一样躺在床上，一动不动。

我盯着锻绸帐上寓意着帝后百年好合的龙凤呈祥暗纹，竟觉得如此讽刺，我与祁昇已经如此离心了。

我起身下床，穿上鞋子，倚靠在门槛边，哼着阿爹曾教我的千古名句，看着宫门外长长的古道，竟有些唏嘘。

我的声音能传到寻常百姓家吗？传不到的吧，深宫这么深，多少人在此丧命，他们的呼救声喊得那么大，也不是传不出去的吗？

月光照着宫墙飞瓦，我有些想家了。

祁昇，你说此生不负良人，千里共婵娟。可是，祁昇，我想家了。这里没有属于我的家，我该回哪儿去？

定安七年，雍武帝凯旋。

祁昇从宣武门纵马直入坤宁宫，我在屋内已闻马蹄阵阵。

"阿攸，阿攸我回来了。"祁昇兴高采烈地奔向我，伸手想拉住我的手。

"皇上，先君臣后夫妻。"我行了个礼，暗中躲过祁昇。我警告自己，所做的一切，都按规矩办事，不能有任何差池。

祁昇站在我跟前，看了看空荡荡的手心，静默无言。

"阿攸，你还在与我置气？"祁昇的语气里带了些许落寞和委屈。

"臣妾不敢，伴君如伴虎，臣妾惜命。"我起身打算要走，却还是高估了我自己的承受能力，我一看到祁昇，只感到无比心累。老虎永远都是老虎，即使你是喂养它的人，它永远都是拥有兽性的老虎。

祁昇一把拉住我，生气道："我今日刚回宫，第一个最想见到的人就是你，给你报平安。可你说这番话是什么意思？莫不是专门来气我的？"

我一把甩开他的手说："皇上倒是盘算得好，先是晏戚，再是我阿爹，是不是最后要轮到我了？"

多年来追名逐利，一切都是为了他。我没想到，祁昇也在算计着我。真是好一出螳螂捕蝉黄雀在后，一报还一报啊。这么多年来与他同床共枕，我只觉得恶心。

祁昇反应过来，掐住我的胳膊逼问道："是谁？是谁告诉你的？苏越还是淑妃？"

"是谁重要吗？要想人不知，除非己莫为。"我奋力挣扎，想要逃开祁昇的魔爪。祁昇掐着我胳膊的地方已经发青，他的指甲深深陷入我的肉中使我疼痛不已。

"你什么也不知道，可我发誓，我从未想害你，我祁昇这一辈子都未负你！"祁昇额头青筋暴起，力图想辩解什么。但他无论说什么，于我而言都是这么苍白无力。

"呵，不负我？李氏一族被抄家，你看似纵容我阿爹卖官鬻爵，其实只是把我们当成你行走的钱袋，战一开打，你就可以卸磨杀驴！你自己倒是得了个清白名声。"今早刚画的妆全都被我哭花了，我现在就像一只无家可归的花猫一般迷茫无助。

哭累了，我打着嗝儿，气喘吁吁地说："我跟你说这么多有什么用……嗝……你不会明白的，你一个爹不疼娘不爱的人怎么会明白？"

我大肆讽刺着祁昇，我巴不得一刀捅死他。我现在已经没有理智了，只要是能扎祁昇心的话我就会把它说出来。

定安七年秋，皇后气急攻心，感染风寒。帝亲侍汤药，未见起色。

定安七年冬，皇后旧病缠身，隐隐有大厦将倾之势。帝广招方士，寻续命之法。

定安八年春，皇后薨逝，谥号为靖安。取布政为民安康之意。帝遣后宫，至此后宫再无一人。

　　同年，皇权相权相斗，宣武帝废丞相，能人皆可举士为官，大雍人才济济，开启中兴之治。

　　定安九年，大宦官李贤案翻案，由武帝亲自主持，替李贤洗清冤屈。追封为忠勇固国公。

　　定安十四年，宣武帝驾崩，膝下无子。由前太子之子继位。这一年，刚刚好是武帝而立之年。

END

别担心，这军权我必会给你守住。

不服

文 蔓天木

NOT SATISFIED

蓼天木

没猫没狗，努力加餐饭。

赵家大小姐最近在京城出了名。

一是因为她和宫里不受宠的公主成了莫逆之交。

二是因为她只身来到二皇子府里，对着正莺燕环绕、逍遥自在的二皇子说了一句话——

"这婚，我不想订了，你也不必去找媒人了。就当咱俩从不认识，一拍两散吧。"

赵素苒大病之前，京城里谁不知道身为将军府大小姐的她，为了博得二皇子的爱恋，硬是把自己从一顿能吃三碗米饭的体质憋成了弱柳扶风的气质。

走快了都能咳出血来的那种。

按理说，其实这也不是什么值得羞赧的丑事。无他，因为稍微有点眼力见的都知道，皇帝老了，如无意外，二皇子应当是下任主君。赵将军年纪大了，又只有赵素苒这一位独生女，日后军权势必要悉数上交给二皇子。与其事后卑躬屈膝，不如提前站队。

赵将军是这样想的，从前的赵素苒也是这样想的。规规矩矩当朵解语花，努力嫁给二皇子吧。

只可惜，在戏外旁观了赵素苒一生的"新版赵素苒"知道，如果再按照这条线走下去，自己就是昙花一现的炮灰，做出的最大贡献就是为了保全阖府上下性命，委身嫁给二皇子。然后皇子妃位还没坐稳，自己就被人下毒提前去见了阎王爷，更别提成为将军府的后盾了。

毕竟，整本书的主角压根不是她，而是在自己死后，作为二皇子继室出现的女主角。主线剧情也和自己八竿子打不着，全是女主一点点掰正纨绔二皇子的。

于是,赵素苒醒来后的第一件事,就是去求见了自己未来的"大腿"。虽然目前的"大腿"还只是位即将要被赶去和亲的公主,可赵素苒知晓,只要有她在,二皇子压根儿没机会坐上这皇位。

至于去和二皇子商谈婚约这事，前面都发展得好好的，最后二皇子说"确实不妥，再商议商议"。赵素苒一听他这客套话，立马明白他纯粹是想拖延时间，好让人通知她爹把她领回去好好教育一番。

赵素苒那暴脾气立即上来了，当即放下手里的茶盏，往桌上一拍，正打算发挥多年来在网上冲浪积累下来的口才，没想到"啪"的一声，桌子裂了。

八仙桌被她的掌力劈成了两半。

断面齐整，没有多余裂缝。

二皇子咽了咽口水，险些被呛到。

赵素苒咽了咽口水，心怦怦直跳。

候在一旁的贴身侍女神色不惊，当即先发制人，挡在赵素苒身前。偷偷拿出随身携带的血包，手脚麻利地往赵素苒手里的绢帕上抹了抹，这才心疼道："没想到殿下您府里的桌子竟有瑕疵，我家小姐正好好喝着茶呢，突然就裂了，吓得她都吐了血！"

被迫装出一副"吐血"模样的赵素苒清楚听到，在侍女俯下身轻拍自己后背时从牙缝里挤出来的提醒声。

"小姐，麻烦下次用力前先给我暗示，不然你这么多年苦心经营的形象就没了。"

皓腕如凝脂，柔软似无骨。赵素苒看着自己正捏着手帕的手，一脸震惊。

难不成她天生神力？

这、这个发展，原剧情没交代啊！

龙生龙，凤生凤。将军力能扛鼎，将军夫人百步穿杨，打小就在战场边上长大的赵素苒又能弱到哪儿去？

被亲爹接回府里关了禁闭的赵素苒，望了一宿天上的月亮，凉风吹得她后半夜连打了好几个喷嚏，却也没有吹散她心里的躁郁不安。

世人爱盈盈细腰，于是细布裹紧了腰间每一寸脂肪。世人爱肤如凝脂，于是铅粉涂满了裸露肌肤。世人爱弱柳扶风，于是将军府的小姐也要三步一喘。

那倘若有一天，世人的观念改变了呢？

赵素苒回头看了看自己卧室内用来辟邪的长枪，脑子里忽然冒出了一个念头。

翌日，上了好几层锁的院门碎成了零乱的木块，本该老老实实待

244

在院子里禁足的大小姐不见了。

桌上留下的信里，字迹歪歪扭扭不成形，通篇废话总结起来也就一句话——

别担心，这军权我必会给你守住，因为我决定去参军啦。

赵将军两眼一黑，便要倒下。将军夫人却是掏出了一串钥匙，暗地里让人送给赵素苒。

"记得告诉她，下次要溜，记得拿钥匙开门，我给她拖延善后。天塌下来，都有我给她顶着。"

而此刻，城郊娘子军的报到处来了位稀客，明明穿金戴银，绣鞋上还缀着珍珠，一瞧就是富贵人家娇养出来的闺女，开口却是一句敞亮话。

"嘿，姐妹，你们这还招人吗？我似乎特能打。"

赵素苒溜了，以行动表明她对二皇子妃这个"尊贵"身份压根就看不上。

偏偏赵素苒心还挺大的，报完名第一件事就是写信告诉家里，让他们不要担心自己，多注重身体，自己会早日上阵杀敌给他们看看将门女郎的本领。

这下别说将军气得直接下令让她从最低级小兵当起，后知后觉意识到贵女圈里被嘲讽的那位姑娘原来是自己的预备皇子妃赵素苒后，二皇子气得连最喜欢的小曲也不听了，直接在床上躺了一周想好好冷静。

然后在他冷静后的第二天，他就抬着一大箱子金子扔到了军营门口。

"你爹不就是没钱买通人把你名字销掉吗？他不给你出钱我给你出，怎么着日后你也要嫁给我，别再去丢我的脸。"

纨绔嘛，还是个惹不起的纨绔，说这话时语气必然拽得和二五八万似的。他看着刚训练完灰头土脸的赵素苒撇了撇嘴角，继续嘲讽着。

"你也别想着另辟蹊径引我注意了，如果没有你爹手里的兵权，我看都不会都看你一眼。"

赵素苒忖度片刻后，也深有此感般应和着点了点头。

二皇子还当她是自认理亏，自己稍稍一施力她就败下阵来。熟料，赵素苒的下一句话就把他好不容易降下来的火气又撩拨得更旺了。

"彼此彼此，要不是你投了个好胎，我先前也不会眼瞎看上你。"赵素苒压根没在意他言语里的不屑。

她答应见他，不过是因为上回见面太匆忙，没来得及研究这二皇子是不是有什么不为人知的优点，值得原剧情里的赵素苒这么念念不忘，宁愿装成小病秧子，也要博得他的垂怜。她想着，虽然这人现在是个人渣，可好歹日后也是男主，指不定还能救一救。

但这次见面，一听他那口气，赵素苒就明白，她就不该对这人抱有什么期待。

"二殿下，你知道这是什么吗？"

她从兜里掏出一朵红色绢花，劣绢淡染，因一直贴身放着，还有些皱了。这是军营上面发下来的奖品，价钱甚至比不过她首饰盒里最素的一个银簪。

"我入伍一周就拿到操演第一，你知道这是什么水平吗？"

二皇子自然是不知道的，但这并不妨碍他依旧摆出一副嚣张跋扈的模样，捏起她还算干净的一块衣角，就要把她强行带走。

轻轻一扯，没动。

稍微加了点力气拉了拉，仍然没动。

咬紧牙关，双手合力拽起她的小臂，仍然纹丝不动。

二皇子干咳两声，收回手环抱在胸前佯装无事发生，刚想岔开话题缓解尴尬，却见赵素苒下扎一个马步，底盘稳当，四人合力才能抬动的箱子，赵素苒一人就轻轻松松抱起。

然后，她当着二皇子的面，她将箱子扔出了门外，溅起尘土无数，也把躲在不远处看戏的其他姑娘们吓了一大跳。

"你觉得我不行，觉得我惺惺作态，觉得我故意引你注意！那我偏偏要让你看看，就是这样不行的我，就是这样惺惺作态的我，就是这样不顾颜面的我，会走多远多高！"

随着她话音一同落下的，还有顺手抄起的一根竹棍。

好巧不巧，正稳稳当当插在二皇子的两腿之间……的地面上。

二皇子又病了，被赵素苒气病的。

罪魁祸首则是拍拍屁股大摇大摆地回到演练场，临走前还不忘煽风点火说一句："二殿下，下次若是想要见我，劳烦挑准时间预约。我每月有休假日，犯不着来个突然袭击。不然，这棍子下回说不定会不长眼，落在其他地方。"

04

赵素苒万万没想到，她在娘子军里扬名，不是因为她在两周内就从伍长蹿升为百夫长，而是因为她狠狠打了二皇子的脸。

周围人对她的评价也终于从"那个过来体验生活的大小姐"变成了"那个敢和二皇子叫板的女人"。

虽然看上去没什么特别大的区别，但至少，她的形象立起来了。赵素苒琢磨着，她也应该在娘子军里整点大动静了。

背靠大树好乘凉，就算自己的话她们不信，但将军夫人的话，她们总该相信的。于是，一本《将军夫人手记》忽然以一种不可抵挡之势，在娘子军里流行起来。开篇就是——每天起床第一句，先给自己打个气。每天多跑三千米，保家卫国我最行。

一时间，娘子军里的大部分人都像是被打了鸡血一般，暗暗在训练上较起了劲。她跑了三千米，我就要跑三千一百米。她十箭三中，那我就要十箭五中。

没瞧见赵素苒那使不完的力气吗？一看就是自小按照将军夫人的教导练出来的！

作为标杆的赵素苒更是时不时就以过来人的身份，给她们传述心得。即使说来说去还是那十二字的老话——"管住嘴，迈开腿，多运动，多喝水"。但心灵鸡汤嘛，打小在电视上听得多了，赵素苒便也会编了。

可那时，赵素苒压根不知道，底下那群人想听的，不是什么保家卫国，而是成为上等人之后的生活。军营里来了个连二皇子都不放在眼里的贵女，那她的交际圈肯定不乏王孙贵族，只要能入了赵素苒的眼，只要能背靠赵素苒这棵大树，那她们说不定也能成为高门大户里的一员。

哪怕是妾也好。

"荒唐！简直是荒唐！"

只是粗略翻了几页，礼部的老古板们就被那本书气得简直要把胡子吹上天。

"她们还真以为自己能上战场？不就是一群……"

"咳咳。"适时响起的咳嗽声，制止了礼部长官即将说出的话。

其实朝廷高层谁不知道，现在这些娘子军明面上是军人，实际上连入军籍都没资格上，只不过是为了给那些养不起孩子的平民百姓一条路，让自家姑娘入营，家里人每月还能从她们的月俸里获得一些米粮。

她们最好的归宿就是年纪大退役后，在中间人的撮合下，和同样退役的士兵凑成一对，以避免那些伤残老兵找不到对象寒了心。

反倒是像赵素苒这样，一门心思想上战场的姑娘少之又少。外人也同样不会待见她这样的存在，全当这位千金大小姐在发泄迟来的青春期叛逆。

所以，当名为关切实为斥责的书函从上级领导发送到赵素苒手中时，未拆开信，她就知道里面会是些什么内容。

无非是让她不要逾矩，闹完早点回家，你一个女人整天打打杀杀还想不想嫁人了？

演练场边的草又长高了一寸，短箭的镞头又锈了两根，天不亮就跟着赵素苒晨跑的姑娘，终于也只剩下稀稀拉拉几人。

夜深露重，赵素苒坐在墙头，对着月光饮酒。她看见有人从围墙外纵身一跃翻了进来，头发零散，衣裳微开，面有潮红。熟悉的模样让赵素苒一眼便认出，这是前不久在训练时还要事事争先的某位姑娘。

说来也是好笑，她翻墙的身法正是赵素苒亲自教的。

被撞见"夜游"，那人的慌张也只持续了几秒。她合拢了微敞的衣领，低下头，避开了赵素苒探究的目光。

"赵姑娘，我们是不一样的。

"您指缝里漏出的一滴油，都是我们一个月的奢求。您不想继续，回家就好。我若是不想继续，剩下的路少之又少。"

"你当真觉得我们做不到吗？"

夜枭的鸣叫，凄厉瘆人，让这个话题听起来都沉重了几分。赵素苒的话像是在质问对方，又像是在扪心自问。

"至少……我从未见过，营里的大部分人，也从未见过。"

赵素苒笑了，笑得肆意张狂。可她那双总是带给人们坚定信念的杏眼，难得充满了迷茫。

赵素苒开始消失的那几天，正逢月假。

军营的人以为这位千金大小姐待不住终于决定回家常住了，将军府的人以为赵素苒闹脾气，放假也不愿回家休息。

直到府里派人到军营问她中秋的月饼要吃甜馅儿还是咸馅儿时，两边人一对细节，这才琢磨出不对劲来。

好端端一姑娘，怎么说不见就不见了！

将军府再慌也不能把慌摆在明面上。于是该上朝的上朝，该暗查的暗查。查来查去,赵素苒消失的消息还是被二皇子的情报网给截到了。

皇子嘛,能平安长大的能有几个傻子? 天资再聪颖,也要装出个浑不懂的样子来。

"你说,赵素苒是自己走出军营大门? 还拎着个包? 出了西门就不见了? " 二皇子不愧是二皇子,推理时还不忘给自己贴金,"我记得那日我正在西郊别院狩猎,该不会她是想来见我,结果迷路被人诓走了吧! "

二皇子顿时觉得不妙,虽然他觉得赵素苒太过要强完全没个大家闺秀样,可他还没想过要对她怎样。再者,倒不如说正是因为她的争强好胜,反而引起了他的注意。

再怎么说赵素苒还是自己预定的皇子妃人选,二皇子丝毫不把自己当外人,该用权力时绝不手软,闹得满城风雨。一传十十传百,哪怕模糊了身份,能让二皇子帮忙的,又怎么可能是普通姑娘。

一时间,京城闺秀各个人人自危,闭门不出,就怕像赵素苒一般,出门就没了踪迹。

倒还真亏二皇子有一帮吃喝玩乐样样精通的酒肉朋友,闲谈时无意中得到了一条消息。

"我听说努尔哒哒近日买的女人里有一个歌女,脾气大得很,却能哄得他没了脾气,模样年纪倒是和你说的那人相仿……"

"不可能。"

二皇子斩钉截铁地否认了这个可能性,怎么可能有人放着高贵的金枝玉叶不当,跑去当个歌女,还和敌国的少将混到一起,难不成搞刺杀啊? 赵素苒又不是个傻子!

但事实证明，二皇子难得与赵素苒心意相通了一次。

06

赵素苒回来时，还真带了个东西回来。

庄严大殿之上，人人不敢直视陛下，人人又不敢不视她。瞧瞧这个张狂的女人，当着圣上的面都在说些什么胡话！

"陛下，您说过，杀敌将领，论功赏爵。此乃西敌少将努尔哒哒之首，由臣女亲手斩下。天地为证，绝无虚言。

"臣女赵素苒，娘子军编号贰零叁玖柒，厚脸前来求赏。愿吾皇圣明，勿因佞臣之言而寒了天下将士的心。"

给皇帝戴的高帽准备好了，给反对者带的佞臣身份也准备好了。赏，是吾皇圣明；不赏，是言而无信。

更别说她一身血衣，在京城城内一路高喊"娘子军百夫长赵素苒，杀敌入宫求赏"的名号，纵马飞奔而来，还特意挑了靠近知名书院的大路。就算礼部不肯，舆论的压力也让他们不得不松口。

要不是认识她的内院女官硬拉着她在面圣前简单梳洗了一番，赵素苒差点就顶着鸡窝似的头发，受领了她人生中的第一封圣旨。

而在踏出宫门后，她也收到了人生中第一记耳光。

那记耳光用力是真的猛，打得她耳膜震响，打得她简单包扎过的伤口都渗出血来。绯色的襦裙又红了一片，鲜血沿着她背后一尺余长的伤口，描摹出被刀砍过的痕迹。

打人的，不是二皇子，不是将军，更不可能是礼部那些糟老头子，而是最疼她的那位将军夫人。

那位她溜走都会给她善后，那位说天塌下来都会给她顶着的将军夫人。

在将军夫人骂她"就不能安安分分过日子"的时候，在将军夫人骂完抱着她号啕大哭的时候，在将军夫人眼里深藏十余年的不甘心终于被赵素苒发现的时候。赵素苒才想起，在故事的某一行里，曾提到过将军夫人有个很好听的名字，柳如画。

娘子军军规手记印有的第一任将领的名字，就是这个名。

假如不是因为娘家丢了边境军权落魄了，她也不会认命般变成了赵柳氏，也不会在赵素苒决定从军时拼命当着父女二人的调节剂。

泪水浸湿了赵素苒肩头的衣裳，甚至顺着轻纱纹路渗到伤口，刺得她浑身上下疼到不行，疼到她也不自觉流出泪来。

赵素苒这才觉得自己是活着的，而不是用白纸黑字三言两语就能交代生平事迹，如昙花一现般的故事背景板。

她有血有肉，会痛会难受，也有人会为她伤心流泪。

在一开始，赵素苒总是以一种书外旁观者的角度看待着事态发展。她知道故事里二皇子的真命天女不是自己，所以她将他的示好一步步推离。她知道这个朝廷早已被蛀得千疮百孔，所以她可以毫不犹豫地向未来的女帝明志倒戈。

可人生又不是既定的剧本，入戏久了，谁能控制得住自己的感情。

就像是当她注意到二皇子的背影渐行渐远时，心里不自觉就响起一声略带遗憾的叹息。

那时的赵素苒浑然不知，片刻之前，在她与将军夫人抱头痛哭之际，不同于将军拂袖气愤离去，打从赵素苒一入宫就一直注视着她的二皇子，在门口看完了全过程。

想要递过去供她擦泪的锦帕捏到手里，又静静放下。

"有药吗？"二皇子转过身，不愿让赵素苒觉察到他眼眶的微红。

"二殿下您哪儿伤着了？可要请御医看看？"

"看看看，看什么看！我又没缺胳膊少腿！"他三步并作两步，头也不回朝宫外走去，"药送去赵校尉那儿，就当是我影响她名声的赔礼。"

心里却在嘟囔：不就是不想嫁我吗？何必拿自己的命去拼！这天底下想嫁给我的人多了去了，又不差赵素苒这一个！

苦涩交织在心头，二皇子头一回觉得自己最初就不该招惹上赵素苒，不然他也不会平白无故因为她的落泪而感同身受般，心头蓦地一痛。

赵素苒又回了军营，只是这一次是被赵将军赶回去的。

理由是她当着赵将军的面，扬言道："你的军权我不守也罢，我必能创出不逊于你的功绩。"

赵将军的回答更加简明扼要，只有两个字。

"做梦！"

赵素苒才不管是不是做梦，总归要有梦才好。反正她想要的，第一步已经做到了。要不然，也不会有人帮她换药时问了一句。

"赵校尉，我也能做到这样吗？"

那姑娘的声音听起来有些委屈："我爹说弟弟要娶亲，打算把我卖给村口杜老爷。可我总觉得，这样我不甘心。我做得又不比我弟少，凭什么要卖的是我。"

赵素苒听了哈哈大笑起来，眼里却泛起了泪花："能啊，只要你做得到像我一样，把命豁出去，随时做好把头别裤腰上的准备。"

"杜老爷都害死了四个姑娘了，死在哪里都比死在他那里好。说不定，日后混出头来，我爹就不敢轻易把我卖掉了。"

"你叫什么？"

她想到自己那位日日醉酒的父亲随口取的名字，犹豫了一下，但还是挺起了腰杆，说出了口。

"宁小草。"

野火烧不尽，春风吹又生。

但凡见识过苍穹的浩瀚，哪怕一次次被烧灭，一次次被浇毁，在荒芜土地缝隙中挣扎冒出的，又何止是小草。

07

"然后呢？赵素苒回营之后呢？没再惹什么幺蛾子吗？"

二皇子听着小厮打听回来的消息，手里的蜜瓜啃得更快了。

"没人肯传了啊……眼下娘子军军营乱成一团，哪有人还有心思八卦。"

二皇子顿时觉得手里的蜜瓜不甜了。

敲锣打鼓，鸣笛三里。

自赵素苒求赏成功后，娘子军军营外的喜乐声就没停过。拖家带口前来看望闺女的长辈双亲，更是一波接着一波。

而赵素苒营帐的门槛也成功被踏矮了一截，换来的是一些姑娘们笑着或哭着对她说抱歉的场面。

赵素苒的事给她们立了个榜样，也给她们的家人带来了恐惧。

"校尉，俺爹不让我和您上战场，他说，只要我不去，隔壁家的三哥就答应娶、娶我。"

"赵姐姐，不是我不愿继续跟你，实在是我娘以死相逼，怕我跟您丢了性命，所以我不得不放弃。"

余音绕梁，绕到赵素苒一看见有人进来眼皮就跳了跳。不过幸好，这一次来的人没一碰面就说要离开她，但她也给赵素苒带来了一个不好的消息。

"校尉，上头有旨，命您月内择日动身前去扫荡山匪。"

赏个甜枣打个耳光，有心人想要挫挫赵素苒的锐气，没有比她麾下人数骤减的这段日子更好的时机了。

她的麾下真的要没人了吗？

赵素苒不清楚，二皇子却先知道了。

当厨房送来的糕点失去了以前的味道，当以往争着抢着要负责他起居的姑娘越来越少时，二皇子感觉到了不对劲。

二皇子自认对女人的态度一向很是良善，胭脂水粉、绫罗绸缎，那是眼都不眨，如流水般送进了后院。甚至后来那批自荐入门的姑娘，他也没要身契。想来就来，想走就走，美名曰，相爱自由。

可二皇子万万没想到，他的这个善心，是给自己挖了个大坑。

"袅袅呢？"

"走了，她说想跟赵校尉学点东西。"

"翠翠呢？她一个跳舞的去了能干吗？"

"听说那边在征有才艺可以当卧底的特种兵，也跟着去了。"

"那小红呢？总不可能她一个喂鸟的也能去发光发热吧！"

管家支吾了一声，这才小声回道："她说她本来只是跟过去看看热闹，结果发现她们那边在驯鹰，说是日后也能用来侦测敌情。然后……"

"然后什么！"二皇子已经隐约能猜到结局了，但他绝不会亲口承认。

"然后她现在正在收拾东西，说打算去那边学一阵子，托我和您说声抱歉。"

话音一落，满室寂静。屋内所有人都在等着二皇子暴跳如雷，咬牙切齿地喊出赵素苒的名字，指不定还要骂上那么一两句。

可二皇子没有。

他接过侍女递过来的茶盏，看了看盏中茶叶的舒展程度。显然侍女泡茶时不及以往用心，他轻抿一口，忽然就平静下来，问了句："你不去吗？"

没等侍女回答，他又自顾自补了一句。

"想去就去吧，既然有机会可以寻到更好的出路，你们不会想在我身边争宠蹉跎一辈子的。"

侍女落了两滴泪，对他说了句："谢谢。"

二皇子这才明白赵素苒为什么总是看不起自己。

他以为圈出一方福地就能令她们心满意足，甘之如饴，却浑然忘记她们与他一样，身体里仍然蛰伏着对权力的向往。

打着外出郊游的旗号，二皇子非常没有形象地站在娘子军军营外的山丘上，踮起脚眺望着营内的情况。

他被人当作探子给报了上去，让赵素苒逮个正着。

大眼瞪小眼，二皇子单手撑着后腰，挥着他那不管天热天冷都不离身的折扇，道："怎么，还不许我看看旧部下另投新主后，是不是遭人苛待日子惨淡？"

　　他一扇，袖口衣摆蹭到的灰就随之浮动，呛得二皇子咳嗽了好几声。

　　"瞧瞧你这破落地，改日我去申报一下补助。"二皇子明面上挂着个监军的名头，行事自然比赵素苒方便得多。

　　明明是好意，他也要说得极具歧义："你也别觉得是我对你问心有愧，纯粹是本皇子大发慈悲怜你不易。要争就带着其他人一起，争出个样来，仅你一人得道升天算什么本事。"

　　只是赵素苒看到，他的笑里少了几分轻佻，多了些许言不由衷。

　　沉默了好一会儿，他才又小声问了句："药有用吗？"

　　如果不是赵素苒耳力极佳，或许她会只当这是他的一声叹气。

　　暖意从敷了药膏的伤口处传来，渗透到她的肺腑四肢。赵素苒学着二皇子死鸭子嘴硬的模样，说了句："还成。"

　　离开前，她还不忘提醒二皇子一件事。

　　"二殿下，你要是想追我，光是忍痛割爱赠我得力助士怕是不行，你自己也得加把劲。"

　　变了的不只是剧情发展，还有他。

　　要不然换作以前，二皇子早就骂骂咧咧愤然离席，而不是别过脸说了她一句厚颜无耻后就红了脸。

　　甲胄冰冷，赵素苒的心却热烘烘的。

08

赵素苒的第一仗，输了。

是情理之中，又是意料之外。

那些满心期待看她吃瘪的人，乐得那叫一个开怀。

"我就说是个花架子，嘴上说得好听，真带兵干起事来，那压根就是过家家。"

酒宴上醉意上头，纨绔子弟们笑着赵素苒痴人说梦，好好的千金大小姐，怎么可能领兵打仗就能随随便便成功。

"可她们没折一人进去。"二皇子及时补充道，"这不已经有可取之处了吗？"

"打仗死没死人不要紧，重要的不是赢吗？你看从战场上活下来的逃兵，谁看得起？宁愿死得光荣，也不要活得窝囊。"

不识柴米油盐贵的纨绔们按着自幼学得的兵法，纸上谈兵般地高谈阔论。

二皇子那一句自言自语般的"她会赢"淹没其中，似无人听到，又似是装作未听到。

而军帐内，赵素苒对着她所带领的娘子军们，做出了如下简明扼要的总结。

"你们不要听那些战死光荣的闲言碎语！那些都是活下来的人才有资格编的鬼话！在拼尽全力的前提下，给我活着回来！"

她的发言字字诚恳，给原本萎靡不振的小队再度注入了定心剂。

自打收到剿匪消息的那一刻起，赵素苒就明白这是个开局必输的坑，她是躲不过的。因为，她所带领的这支队伍，真的……很差。

又不是随便抓个路人就是绝世高手，站在她面前的，不过是些年纪和她相仿的普通姑娘。臂力最弱的，拿刀剁骨头手都要起个水泡。唯一不普通的，便是哪怕知道这一仗注定赢不了，她们还是义无反顾地执行了赵素苒的指令。

赵素苒不懂什么家国大义，以身殉国，她只希望她们耀眼而灿烂地活着，活成世人都不敢小觑的存在，不敢倾轧她们的光芒。

她的士兵现有能力很弱，但相对应的，她们的潜力很大。

现代金榜爆文大部分靠的都不是所向披靡，而是反转逆袭。她们已经站在了舆论的风口浪尖，进一步，人家只会说运气好。退一步再进一步，哪怕从结果上看仍在原点，世人都会觉得她们有了进步。

所以，她的第一战输了，未尝不是件好事。

赵素苒很缺人，因此她必须保证舆论的力量是向着自己的。只有这样，才会有源源不断的新人加入她的队伍，才会让旁人明白，她们的战争，不是过家家游戏，而是对既有的刻板印象产生暴击。

由于经验、资质、身体素质等原因，娘子军的队伍打不了硬碰硬的正面战，只能以信息为优势，走谋略战的路子。

四方木桌上摆着的草图，是她们第一次出战所获得的成果。不为战斗，而为收集信息。正因为是完全陌生的环境，所以她们观察四周环境时会比日日进出山林间的山贼更加细心。每人负责记一个区，详细到要记录着哪里有土丘可以埋伏，哪里的枝丫茂密可以藏人。集众人之力综合而成的这张图，将成为她们反败为胜的关键。

也正是她们触底反击，涅槃重生的关键。

"准备好了吗？"

晒黑了肌肤，弄伤了柔荑，已然灰头土脸没了个娇娇女样的她们，用坚定的目光给予了赵素苒无声的回答。

没有人再提负重翻山练习是不是无用功，训练时多跑的那一千米，射箭时多加的那十靶算不算苛责。真真正正对上真枪实剑时，她们方才知晓自己的弱小。

后来，赵素苒打过很多场胜仗，但从来没有一场胜仗能像这一次那样，令她心潮澎湃到连归城时遇见二皇子都不自觉向他笑了起来。

今日他是作为迎客卿，迎接她凯旋。

二皇子这一次，没有整什么花噱头。既无鲜花奉上直言女中豪杰，又无赞者歌咏辉煌事迹，他只是为她准备了一条路——从贫民之所到高门大院的必经之路。

马车辘辘，卷起沙尘无数。被捆成球的山匪们被塞在车板上，目眦尽裂，恶狠狠瞪着居于最前列的赵素苒。而她将他们的怒意当作褒奖，笑着对他们比了一个国际通用手势，以示轻蔑。

围观群众有艳羡有惊诧，也有酸儒书生以袖掩面直言"世风日下"，但更有踩着板凳趴在墙头的小娘子，心生向往。

她扬鞭直指长空，豪气震荡苍穹。

他们不信的，她证明给他们看了；他们怀疑的，她将证据摆在眼前；他们抗拒接受的，她敞开天窗说亮话，让世人自行判断对错与否。

摧城山雨不因鱼虾抗拒而停歇，自上而下开始的改变，势必颠覆这个日趋崩溃的王朝。

09

二皇子远行的那天，赵素苒出城相送了他三里地。

如若不是随从拼命拉着二皇子，让他不要再丢了皇家的脸，赵素苒觉得，他很有可能会耍赖再让自己多送几里。

最好直接送到他的新家里。

公主借来的军队离京城不过数百里地，昏聩的老皇帝在宦官的把持下已经形同傀儡，而已经不做继承大统美梦的二皇子决心去外游历。

或者说，硬生生被赵素苒逼着去外面走一圈躲避祸事。

临行前，二皇子还信誓旦旦地说，武不及她，文定要胜她。凭他的聪颖天资，不出两年，定要让赵素苒瞧见他的巨大改变，好让她心服口服成为他的入幕之宾。

可暗线传来的消息是，她转身一走，二皇子就抱起诗经背起了《采葛》，翻来覆去背的都是那一句"一日不见，如三年兮"。

如若不是面对着大臣她不得不端着架子，彰显一军将领的气势，或许赵素苒早就在听见这件趣事的时候，扑哧一声笑了出来。

赵素苒很忙，每天恨不得把自己一分为三、分工干活的那种忙。

毕竟，她既要忙着联络大臣里应外合，又要忙着给公主出谋划策，还要忙着安抚渴望立即建功立业的士兵的心。每天顶多只能抽出那么一点点时间，听一听他的消息，看一看桌上留下的词句。

桌案上留着的裱了花的墨宝，是二皇子的字迹。

"赵将军。"

耳畔传来的声响让她收回了思绪。有那么一瞬，她以为这个小兵在叫她爹。但赵老将军自打她也拿到将军名号后，就主动归还兵权给老皇帝，然后再一把鼻涕一把眼泪诓着老皇帝把军权转移给赵素苒，接着他就告老还乡了。

262

临走前他不忘念念有词："你不是不守我的军权嘛！现在扔到你手里，你不守不行！"

老狐狸不愧是老狐狸，想要给她加油鼓劲增添助力也要说得百转千回，令人反复琢磨。

"赵将军，那是什么？"

赵素苒顺着小兵所指的方向看去。

只见长烟落日，夕下月升。飞驰骏马，远看如蚁，近看似浪。磅礴气势，浩浩汤汤，震得地动山摇。

那是大军临城的预兆，也预示着战争号角吹响的时候终究到来了。

国，不破不立。

迎面纵马飞驰而来的女人，是位本该被送去他国和亲，如今却成功借兵回来的公主。

身披战甲沿墙跃下的女人，是位差点就成为皇子妃，如今却成为最大助力的女将军。

马蹄卷起的烈烈狂风里，似乎还留有赵素苒掷地有声的回应。自下而上，顺应气流，拂过了整片大地。

"那叫未来。"

"由我们所创造的未来。"

END

图书在版编目（CIP）数据

主角非主角 / A小姐主编.
—武汉：长江出版社，2020.11
ISBN 978-7-5492-7446-8

Ⅰ.①主… Ⅱ.①A… Ⅲ.①短篇小说-小说集-中
国-当代 Ⅳ.①I247.7

中国版本图书馆CIP数据核字（2020）第234813号

主角非主角 / A小姐主编

出　　版	长江出版社		
	（武汉市解放大道1863号　邮政编码：430010）		
选题策划	李苗苗		
市场发行	长江出版社发行部		
网　　址	http://www.cjpress.com.cn		
责任编辑	罗紫晨		
特约编辑	沈　曼		
总 编 辑	熊　嵩		
执行总编	罗晓琴		
画　　手	孜然香酥鸡腿　utsutsu	**开　本**	880mm×1230mm　1／32
装帧设计	肖亦冰　　徐昱冉	**印　张**	8.25
印　　刷	恒美印务（广州）有限公司	**字　数**	184千字
版　　次	2020年11月第1版	**书　号**	ISBN 978-7-5492-7446-8
印　　次	2020年12月第1次印刷	**定　价**	38.80元

漫娱图书

CHANGJIANG PRESS
SPACE CRACK
次元时空裂缝